Double assassinat dans la rue Morgue

ŒUVRES PRINCIPALES

Histoires extraordinaires
Nouvelles histoires extraordinaires
Histoires grotesques
Histoires grotesques et sérieuses
Le Corbeau
Les aventures d'Arthur Gordon Pym

Edgar Allan Poe

Double assassinat dans la rue Morgue

suivi de
Le mystère de Marie Roget

Traduction de Charles Baudelaire

Texte intégral

TITRES ORIGINAUX :

The Murder in the Rue Morgue, 1841
The Mystery of Mary Roget, 1842

DOUBLE ASSASSINAT
DANS LA RUE MORGUE

> Quelle chanson chantaient les sirènes ?
> Quel nom Achille avait-il pris, quand il se
> cachait parmi les femmes ? – Questions
> embarrassantes, il est vrai, mais qui ne sont
> pas situées au-delà de toute conjecture.
>
> Sir Thomas BROWNE.

Les facultés de l'esprit qu'on définit par le terme *analytiques*
sont en elles-mêmes fort peu susceptibles d'analyse. Nous ne
les apprécions que par leurs résultats. Ce que nous en savons,
entre autres choses, c'est qu'elles sont pour celui qui les possède à un degré extraordinaire une source de jouissances des
plus vives. De même que l'homme fort se réjouit dans son aptitude physique, se complaît dans les exercices qui provoquent
les muscles à l'action, de même l'analyste prend sa gloire dans
cette activité spirituelle dont la fonction est de débrouiller. Il
tire du plaisir même des plus triviales occasions qui mettent
ses talents en jeu. Il raffole des énigmes, des rébus, des hiéro-
glyphes ; il déploie dans chacune des solutions une puissance
de perspicacité qui, dans l'opinion vulgaire, prend un caractère surnaturel. Les résultats, habilement déduits par l'âme
même et l'essence de sa méthode, ont réellement tout l'air
d'une intuition.

Cette faculté de *résolution* tire peut-être une grande force
de l'étude des mathématiques, et particulièrement de la très-
haute branche de cette science, qui, fort improprement et
simplement en raison de ses opérations rétrogrades, a été
nommée l'analyse, comme si elle était l'analyse par excel-
lence. Car, en somme, tout calcul n'est pas en soi une analyse.
Un joueur d'échecs, par exemple, fait fort bien l'un sans

l'autre. Il suit de là que le jeu d'échecs, dans ses effets sur la nature spirituelle, est fort mal apprécié. Je ne veux pas écrire ici un traité de l'analyse, mais simplement mettre en tête d'un récit passablement singulier quelques observations jetées tout à fait à l'abandon et qui lui serviront de préface.

Je prends donc cette occasion de proclamer que la haute puissance de la réflexion est bien plus activement et plus profitablement exploitée par le modeste jeu de dames que par toute la laborieuse futilité des échecs. Dans ce dernier jeu, où les pièces sont douées de mouvements divers et bizarres, et représentent des valeurs diverses et variées, la complexité est prise – erreur fort commune – pour de la profondeur. L'attention y est puissamment mise en jeu. Si elle se relâche d'un instant, on commet une erreur, d'où il résulte une perte ou une défaite. Comme les mouvements possibles sont non seulement variés, mais inégaux en *puissance*, les chances de pareilles erreurs sont très multipliées ; et dans neuf cas sur dix, c'est le joueur le plus attentif qui gagne et non pas le plus habile. Dans les dames, au contraire, où le mouvement est simple dans son espèce et ne subit que peu de variations, les possibilités d'inadvertance sont beaucoup moindres, et l'attention n'étant pas absolument et entièrement accaparée, tous les avantages remportés par chacun des joueurs ne peuvent être remportés que par une perspicacité supérieure.

Pour laisser là ces abstractions, supposons un jeu de dames où la totalité des pièces soit réduite à quatre *dames*, et où naturellement il n'y ait pas lieu de s'attendre à des étourderies. Il est évident qu'ici la victoire ne peut être décidée, – les deux parties étant absolument égales, – que par une tactique habile, résultat de quelque puissant effort de l'intellect. Privé des ressources ordinaires, l'analyste entre dans l'esprit de son adversaire, s'identifie avec lui, et souvent découvre d'un seul coup d'œil l'unique moyen – un moyen quelquefois absurdement simple – de l'attirer dans une faute ou de le précipiter dans un faux calcul.

On a longtemps cité le whist pour son action sur la faculté du calcul ; et on a connu des hommes d'une haute intelligence qui semblaient y prendre un plaisir incompréhensible et dédaigner les échecs comme un jeu frivole. En effet, il n'y a aucun jeu analogue qui fasse plus travailler la faculté de l'analyse. Le meilleur joueur d'échecs de la chrétienté ne peut guère être autre chose que le meilleur joueur d'échecs ; mais là force au whist implique la puissance de réussir dans toutes les spéculations bien autrement importantes où l'esprit lutte avec l'esprit.

Quand je dis la force, j'entends cette perfection dans le jeu qui comprend l'intelligence de tous les cas dont on peut légitimement faire son profit. Ils sont non seulement divers, mais complexes, et se dérobent souvent dans des profondeurs de la pensée absolument inaccessibles à une intelligence ordinaire.

Observer attentivement, c'est se rappeler distinctement ; et, à ce point de vue, le joueur d'échecs capable d'une attention très-intense jouera fort bien au whist puisque les règles de Hoyle, basées elles-mêmes sur le simple mécanisme du jeu, sont facilement et généralement intelligibles.

Aussi, avoir une mémoire fidèle et procéder d'après le livre sont des points qui constituent pour le vulgaire le *summum* du bien jouer. Mais c'est dans les cas situés au-delà de la règle que le talent de l'analyste se manifeste ; il fait en silence une foule d'observations et de déductions. Ses partenaires en font peut-être autant ; et la différence d'étendue dans les renseignements ainsi acquis ne gît pas tant dans la validité de la déduction que dans la qualité de l'observation. L'important, le principal est de savoir ce qu'il faut observer. Notre joueur ne se confine pas dans son jeu, et, bien que ce jeu soit l'objet actuel de son attention, il ne rejette pas pour cela les déductions qui naissent d'objets étrangers au jeu. Il examine la physionomie de son partenaire, il la compare soigneusement avec celle de chacun de ses adversaires. Il considère la manière dont chaque partenaire distribue ses cartes ; il compte souvent, grâce aux regards que laissent échapper les joueurs satisfaits, les atouts et les *honneurs*, un à un. Il note chaque mouvement de la physionomie, à mesure que le jeu marche, et recueille un capital de pensées dans les expressions variées de certitude, de surprise, de triomphe ou de mauvaise humeur. À la manière de ramasser une levée, il devine si la même personne en peut faire une autre dans la suite. Il reconnaît ce qui est joué par feinte à l'air dont c'est jeté sur la table. Une parole accidentelle, involontaire, une carte qui tombe, ou qu'on retourne par hasard, qu'on ramasse avec anxiété ou avec insouciance ; le compte des levées et l'ordre dans lequel elles sont rangées ; l'embarras, l'hésitation, la vivacité, la trépidation, – tout est pour lui symptôme, diagnostic, tout rend compte à cette perception, – intuitive en apparence, – du véritable état des choses. Quand les deux ou trois premiers tours ont été faits, il possède à fond le jeu qui est dans chaque main, et peut dès lors jouer ses cartes en parfaite connaissance de cause, comme si tous les autres joueurs avaient retourné les leurs.

La faculté d'analyse ne doit pas être confondue avec la simple ingéniosité ; car, pendant que l'analyste est nécessairement ingénieux, il arrive souvent que l'homme ingénieux est absolument incapable d'analyse. La faculté de combinaison, ou constructivité, par laquelle se manifeste généralement cette ingéniosité, et à laquelle les phrénologues – ils ont tort, selon moi, – assignent un organe à part, – en supposant qu'elle soit une faculté primordiale, a paru dans des êtres dont l'intelligence était limitrophe de l'idiotie, assez souvent pour attirer l'attention générale des écrivains psychologistes.

Entre l'ingéniosité et l'aptitude analytique, il y a une différence beaucoup plus grande qu'entre l'imaginative et l'imagination, mais d'un caractère rigoureusement analogue. En somme, on verra que l'homme ingénieux est toujours plein d'imaginative, et que l'homme *vraiment* imaginatif n'est jamais autre chose qu'un analyste.

Le récit qui suit sera pour le lecteur un commentaire lumineux des propositions que je viens d'avancer.

Je demeurais à Paris, – pendant le printemps et une partie de l'été de 18..., – et j'y fis la connaissance d'un certain C. Auguste Dupin. Ce jeune gentleman appartenait à une excellente famille, une famille illustre même, mais, par une série d'événements malencontreux, il se trouva réduit à une telle pauvreté, que l'énergie de son caractère y succomba, et qu'il cessa de se pousser dans le monde et de s'occuper du rétablissement de sa fortune. Grâce à la courtoisie de ses créanciers, il resta en possession d'un petit reliquat de son patrimoine ; et, sur la rente qu'il en tirait, il trouva moyen, par une économie rigoureuse, de subvenir aux nécessités de la vie, sans s'inquiéter autrement des superfluités. Les livres étaient véritablement son seul luxe, et à Paris on se les procure facilement.

Notre première connaissance se fit dans un obscur cabinet de lecture de la rue Montmartre, par ce fait fortuit que nous étions tous deux à la recherche d'un même livre, fort remarquable et fort rare ; cette coïncidence nous rapprocha. Nous nous vîmes toujours de plus en plus. Je fus profondément intéressé par sa petite histoire de famille, qu'il me raconta minutieusement avec cette candeur et cet abandon, – ce sans-façon du *moi*, – qui est le propre de tout Français quand il parle de ses propres affaires.

Je fus aussi fort étonné de la prodigieuse étendue de ses lectures, et par-dessus tout je me sentis l'âme prise par l'étrange chaleur et la vitale fraîcheur de son imagination. Cherchant dans Paris certains objets qui faisaient mon unique étude, je vis que la société d'un pareil homme serait pour moi un trésor inappréciable, et dès lors je me livrai franchement à lui. Nous décidâmes enfin que nous vivrions ensemble tout le temps de mon séjour dans cette ville ; et, comme mes affaires étaient un peu moins embarrassées que les siennes, je me chargeai de louer et de meubler, dans un style approprié à la mélancolie fantasque de nos deux caractères, une maisonnette antique et bizarre que des superstitions dont nous ne daignâmes pas nous enquérir avaient fait déserter, – tombant presque en ruine, et située dans une partie reculée et solitaire du faubourg Saint-Germain.

Si la routine de notre vie dans ce lieu avait été connue du monde, nous eussions passé pour deux fous, – peut-être pour des fous d'un genre inoffensif. Notre réclusion était complète ; nous ne recevions aucune visite. Le lieu de notre retraite était resté un secret – soigneusement gardé – pour mes anciens camarades ; il y avait plusieurs années que Dupin avait cessé de voir du monde et de se répandre dans Paris. Nous ne vivions qu'entre nous.

Mon ami avait une bizarrerie d'humeur, – car comment définir cela ? – c'était d'aimer la nuit pour l'amour de la nuit ; la nuit était sa passion ; et je tombai moi-même tranquillement dans cette bizarrerie, comme dans toutes les autres qui lui étaient propres, me laissant aller au courant de toutes ses étranges originalités avec un parfait abandon. La noire divinité ne pouvait pas toujours demeurer avec nous ; mais nous en faisions la contrefaçon. Au premier point du jour, nous fermions tous les lourds volets de notre masure, nous allumions une couple de bougies fortement parfumées, qui ne jetaient que des rayons très-faibles et très-pâles. Au sein de cette débile clarté, nous livrions chacun notre âme à ses rêves, nous lisions, nous écrivions, ou nous causions, jusqu'à ce que la pendule nous avertît du retour de la véritable obscurité. Alors, nous nous échappions à travers les rues, bras dessus bras dessous, continuant la conversation du jour, rôdant au hasard jusqu'à une heure très-avancée, et cherchant à travers les lumières désordonnées et les ténèbres de la populeuse cité ces innombrables excitations spirituelles que l'étude paisible ne peut pas donner.

Dans ces circonstances, je ne pouvais m'empêcher de remarquer et d'admirer, – quoique la riche idéalité dont il était doué eût dû m'y préparer, – une aptitude analytique particulière chez Dupin. Il semblait prendre un délice âcre à l'exercer, – peut-être même à l'étaler, – et avouait sans façon tout le plaisir qu'il en tirait. Il me disait à moi, avec un petit rire tout épanoui, que bien des hommes avaient pour lui une fenêtre ouverte à l'endroit de leur cœur, et d'habitude il accompagnait une pareille assertion de preuves immédiates et des plus surprenantes, tirées d'une connaissance profonde de ma propre personne.

Dans ces moments-là, ses manières étaient glaciales et distraites ; ses yeux regardaient dans le vide, et sa voix, – une riche voix de ténor, habituellement, – montait jusqu'à la voix de tête ; c'eût été de la pétulance, sans l'absolue délibération de son parler et la parfaite certitude de son accentuation. Je l'observais dans ses allures, et je rêvais souvent à la vieille philosophie de l'*âme double*. – Je m'amusais à l'idée d'un Dupin double, – un Dupin créateur et un Dupin analyste.

Qu'on ne s'imagine pas, d'après ce que je viens de dire, que je vais dévoiler un grand mystère ou écrire un roman. Ce que j'ai remarqué dans ce singulier Français était simplement le résultat d'une intelligence surexcitée, – malade peut-être. Mais un exemple donnera une meilleure idée de la nature de ses observations à l'époque dont il s'agit.

Une nuit, nous flânions dans une longue rue sale, avoisinant le Palais-Royal. Nous étions plongés chacun dans nos propres pensées, en apparence du moins, et, depuis près d'un quart d'heure, nous n'avions pas soufflé une syllabe. Tout à coup Dupin lâcha ces paroles :

– C'est un bien petit garçon, en vérité ; et il serait mieux à sa place au théâtre des Variétés.

– Cela ne fait pas l'ombre d'un doute, répliquai-je sans y penser et sans remarquer d'abord, tant j'étais absorbé, la singulière façon dont l'interrupteur adaptait sa parole à ma propre rêverie.

Une minute après, je revins à moi, et mon étonnement fut profond.

– Dupin, dis-je très-gravement, voilà qui passe mon intelligence. Je vous avoue, sans ambages, que j'en suis stupéfié et que j'en peux à peine croire mes sens. Comment a-t-il pu se faire que vous ayez deviné que je pensais à... ?

Mais je m'arrêtai pour m'assurer indubitablement qu'il avait réellement deviné à qui je pensais.

– À Chantilly ? dit-il ; pourquoi vous interrompre ? Vous faisiez en vous-même la remarque que sa petite taille le rendait impropre à la tragédie.

C'était précisément ce qui faisait le sujet de mes réflexions. Chantilly était un ex-savetier de la rue Saint-Denis qui avait la rage du théâtre, et avait abordé le rôle de Xerxès dans la tragédie de Crébillon ; ses prétentions étaient dérisoires : on en faisait des gorges chaudes.

– Dites-moi, pour l'amour de Dieu ! la méthode – si méthode il y a – à l'aide de laquelle vous avez pu pénétrer mon âme, dans le cas actuel !

En réalité, j'étais encore plus étonné que je n'aurais voulu le confesser.

– C'est le fruitier, répliqua mon ami, qui vous a amené à cette conclusion que le raccommodeur de semelles n'était pas de taille à jouer Xerxès et tous les rôles de ce genre.

– Le fruitier ! Vous m'étonnez ! Je ne connais de fruitier d'aucune espèce.

– L'homme qui s'est jeté contre vous, quand nous sommes entrés dans la rue, il y a peut-être un quart d'heure.

Je me rappelai alors qu'en effet un fruitier, portant sur sa tête un grand panier de pommes, m'avait presque jeté par terre par maladresse, comme nous passions de la rue C... dans l'artère principale où nous étions alors. Mais quel rapport cela avait-il avec Chantilly ? Il m'était impossible de m'en rendre compte.

Il n'y avait pas un atome de charlatanerie dans mon ami Dupin.

– Je vais vous expliquer cela, dit-il, et, pour que vous puissiez comprendre tout très-clairement, nous allons d'abord reprendre la série de vos réflexions, depuis le moment dont je vous parle jusqu'à la rencontre du fruitier en question. Les anneaux principaux de la chaîne se suivent ainsi : *Chantilly,*

Orion, le docteur Nichols, Épicure, la stéréotomie, les pavés, le fruitier.

Il est peu de personnes qui ne se soient amusées, à un moment quelconque de leur vie, à remonter le cours de leurs idées et à rechercher par quels chemins leur esprit était arrivé à de certaines conclusions. Souvent cette occupation est pleine d'intérêt et celui qui l'essaye pour la première fois est étonné de l'incohérence et de la distance, immense en apparence, entre le point de départ et le point d'arrivée.

Qu'on juge donc de mon étonnement quand j'entendis mon Français parler comme il avait fait, et que je fus contraint de reconnaître qu'il avait dit la pure vérité.

Il continua :

– Nous causions de chevaux – si ma mémoire ne me trompe pas – juste avant de quitter la rue C... Ce fut notre dernier thème de conversation. Comme nous passions dans cette rue-ci, un fruitier, avec un gros panier sur la tête, passa précipitamment devant nous, vous jeta sur un tas de pavés amoncelés dans un endroit où la voie est en réparation. Vous avez mis le pied sur une des pierres branlantes ; vous avez glissé, vous vous êtes légèrement foulé la cheville ; vous avez paru vexé, grognon ; vous avez marmotté quelques paroles ; vous vous êtes retourné pour regarder le tas, puis vous avez continué votre chemin en silence. Je n'étais pas absolument attentif à tout ce que vous faisiez ; mais, pour moi, l'observation est devenue, de vieille date, une espèce de nécessité.

« Vos yeux sont restés attachés sur le sol, – surveillant avec une espèce d'irritation les trous et les ornières du pavé (de façon que je voyais bien que vous pensiez toujours aux pierres), jusqu'à ce que nous eûmes atteint le petit passage qu'on nomme le passage Lamartine, où l'on vient de faire l'essai du pavé de bois, un système de blocs unis et solidement assemblés. Ici votre physionomie s'est éclaircie, j'ai vu vos lèvres remuer, et j'ai deviné, à n'en pas douter, que vous vous murmuriez le mot *stéréotomie*, un terme appliqué fort prétentieusement à ce genre de pavage. Je savais que vous ne pouviez pas dire stéréotomie sans être induit à penser aux atomes, et de là aux théories d'Épicure ; et, comme dans la discussion que nous eûmes, il n'y a pas longtemps, à ce sujet, je vous avais fait remarquer que les vagues conjectures de l'illustre Grec avaient été confirmées singulièrement, sans que personne y prît garde, par les dernières théories sur les nébuleuses et les récentes découvertes cosmogoniques, je sentis que vous ne pourriez pas empêcher vos yeux de se tourner vers la grande nébuleuse d'Orion ; je m'y attendais certainement. Vous n'y avez pas manqué, et je fus alors certain d'avoir strictement emboîté le pas de votre rêverie. Or, dans cette amère boutade sur Chantilly, qui a paru hier dans *le Musée*, l'écrivain satirique, en faisant des allusions désobligeantes au changement de nom du savetier quand il a chaussé le cothurne, citait un vers latin dont nous avons souvent causé. Je veux parler du vers :

Perdidit antiquum littera prima sonum.

« Je vous avais dit qu'il avait trait à Orion, qui s'écrivait primitivement Urion ; et, à cause d'une certaine acrimonie mêlée à cette discussion, j'étais sûr que vous ne l'aviez pas oubliée. Il était clair, dès lors, que vous ne pouviez pas manquer d'associer les deux idées d'Orion et de Chantilly. Cette association d'idées, je la vis au *style* du sourire qui traversa vos lèvres. Vous pensiez à l'immolation du pauvre savetier. Jusque-là vous aviez marché courbé en deux, mais alors je vous vis vous redresser de toute votre hauteur. J'étais bien sûr que vous pensiez à la pauvre petite taille de Chantilly. C'est dans ce moment que j'interrompis vos réflexions pour vous faire remarquer que c'était un pauvre petit avorton que ce Chantilly, et qu'il serait bien mieux à sa place au théâtre des Variétés. »

Peu de temps après cet entretien, nous parcourions l'édition du soir de la *Gazette des Tribunaux*, quand les paragraphes suivants attirèrent notre attention :

« DOUBLE ASSASSINAT DES PLUS SINGULIERS. – Ce matin vers trois heures, les habitants du quartier Saint-Roch furent réveillés par une suite de cris effrayants, qui semblaient venir du quatrième étage d'une maison de la rue Morgue, que l'on savait occupée en totalité par une dame l'Espanaye et sa fille, mademoiselle Camille l'Espanaye. Après quelques retards causés par des efforts infructueux pour se faire ouvrir à l'amiable, la grande porte fut forcée avec une pince, et huit ou dix voisins entrèrent, accompagnés de deux gendarmes.

« Cependant, les cris avaient cessé ; mais, au moment où tout ce monde arrivait pêle-mêle au premier étage, on distingua deux fortes voix, peut-être plus, qui semblaient se disputer violemment et venir de la partie supérieure de la maison. Quand on arriva au second palier, ces bruits avaient également cessé, et tout était parfaitement tranquille. Les voisins se répandirent de chambre en chambre. Arrivés à une vaste pièce située sur le derrière, au quatrième étage, et dont on força la porte qui était fermée, avec la clef en dedans, ils se trouvèrent en face d'un spectacle qui frappa tous les assistants d'une terreur non moins grande que leur étonnement.

« La chambre était dans le plus étrange désordre, les meubles brisés et éparpillés dans tous les sens. Il n'y avait qu'un lit, les matelas en avaient été arrachés et jetés au milieu du parquet. Sur une chaise, on trouva un rasoir mouillé de sang ; dans l'âtre, trois longues et fortes boucles de cheveux gris, qui semblaient avoir été violemment arrachés avec leurs racines. Sur le parquet gisaient quatre napoléons, une boucle d'oreille ornée d'une topaze, trois grandes cuillers d'argent, trois plus petites en métal d'Alger, et deux sacs contenant environ quatre mille francs en or. Dans un coin, les tiroirs d'une commode étaient ouverts et avaient sans doute été mis au pillage, bien qu'on y ait trouvé plusieurs articles intacts. Un petit coffret de fer fut trouvé sous la literie (non pas sous le bois de lit) ; il était ouvert, avec la clef dans la serrure. Il ne contenait que quelques vieilles lettres et d'autres papiers sans importance.

« On ne trouva aucune trace de madame l'Espanaye ; mais on remarqua une quantité extraordinaire de suie dans le foyer ; on fit une recherche dans la cheminée, et – chose horrible à dire ! – on en tira le corps de la demoiselle, la tête en bas, qui avait été introduit de force et poussé par l'étroite ouverture jusqu'à une distance assez considérable. Le corps était tout chaud. En l'examinant, on découvrit de nombreuses excoriations occasionnées sans doute par la violence avec laquelle il y avait été fourré et qu'il avait fallu employer pour le dégager. La figure portait quelques fortes égratignures, et la gorge était stigmatisée par des meurtrissures noires et de profondes traces d'ongles, comme si la mort avait eu lieu par strangulation.

« Après un examen minutieux de chaque partie de la maison, qui n'amena aucune découverte nouvelle, les voisins s'introduisirent dans une petite cour pavée, située sur le derrière du bâtiment. Là gisait le cadavre de la vieille dame, avec la gorge si parfaitement coupée, que, quand on essaya de le relever, la tête se détacha du tronc. Le corps, aussi bien que la tête, était terriblement mutilé, et celui-ci à ce point qu'il gardait à peine une apparence humaine.

« Toute cette affaire reste un horrible mystère, et jusqu'à présent on n'a pas encore découvert, que nous sachions, le moindre fil conducteur. »

Le numéro suivant portait ces détails additionnels :

« LE DRAME DE LA RUE MORGUE. – Bon nombre d'individus ont été interrogés relativement à ce terrible et extraordinaire événement, mais rien n'a transpiré qui puisse jeter quelque jour sur l'affaire. Nous donnons ci-dessous les dépositions obtenues :

« Pauline Dubourg, blanchisseuse, dépose qu'elle a connu les deux victimes pendant trois ans, et qu'elle a blanchi pour elles pendant tout ce temps. La vieille dame et sa fille semblaient en bonne intelligence, – très-affectueuses l'une envers l'autre. C'étaient de bonnes *payes*. Elle ne peut rien dire relativement à leur genre de vie et à leurs moyens d'existence. Elle croit que madame l'Espanaye disait la bonne aventure pour vivre. Cette dame passait pour avoir de l'argent de côté. Elle n'a jamais rencontré personne dans la maison, quand elle venait rapporter ou prendre le linge. Elle est sûre que ces dames n'avaient aucun domestique à leur service. Il lui a semblé qu'il n'y avait de meubles dans aucune partie de la maison, excepté au quatrième étage.

« Pierre Moreau, marchand de tabac, dépose qu'il fournissait habituellement madame l'Espanaye, et lui vendait de petites quantités de tabac, quelquefois en poudre. Il est né dans le quartier et y a toujours demeuré. La défunte et sa fille occupaient depuis plus de six ans la maison où l'on a trouvé leurs cadavres. Primitivement elle était habitée par un bijoutier, qui sous-louait les appartements supérieurs à différentes personnes. La maison appartenait à madame l'Espanaye. Elle s'était montrée très-mécontente de son locataire, qui endommageait les lieux ; elle était venue habiter sa propre maison, refusant d'en louer une seule partie. La bonne dame était en enfance. Le témoin a vu la fille cinq ou six fois dans l'intervalle de ces six années. Elles menaient toutes deux une vie excessivement retirée ; elles passaient pour avoir de quoi. Il a entendu dire chez les voisins que madame l'Espanaye disait la bonne aventure ; il ne le croit pas. Il n'a jamais vu personne franchir la porte, excepté la vieille dame et sa fille, un commissionnaire une ou deux fois, et un médecin huit ou dix.

« Plusieurs autres personnes du voisinage déposent dans le même sens. On ne cite personne comme ayant fréquenté la maison. On ne sait pas si la dame et sa fille avaient des parents vivants. Les volets des fenêtres de face s'ouvraient rarement. Ceux de derrière étaient toujours fermés, excepté aux fenêtres de la grande arrière-pièce du quatrième étage. La maison était une assez bonne maison, pas trop vieille.

« Isidore Muset, gendarme, dépose qu'il a été mis en réquisition, vers trois heures du matin, et qu'il a trouvé à la grande porte vingt ou trente personnes qui s'efforçaient de pénétrer dans la maison. Il l'a forcée avec une baïonnette et non pas avec une pince. Il n'a pas eu grand'peine à l'ouvrir, parce qu'elle était à deux battants et n'était verrouillée ni par en haut, ni par en bas. Les cris ont continué jusqu'à ce que la porte fût enfoncée, puis ils ont soudainement cessé. On eût dit les cris d'une ou de plusieurs personnes en proie aux plus vives douleurs ; des cris très-hauts, très-prolongés, – non pas des cris brefs, ni précipités. Le témoin a grimpé l'escalier. En arrivant au premier palier, il a entendu deux voix qui se disputaient très-haut et très-aigrement ; – l'une, une voix rude, l'autre beaucoup plus aiguë, une voix très-singulière. Il a distingué quelques mots de la première, c'était celle d'un Français. Il est certain que ce n'est pas une voix de femme. Il a pu distinguer les mots *sacré* et *diable*. La voix aiguë était celle d'un étranger. Il ne sait pas précisément si c'était une voix d'homme ou de femme. Il n'a pu deviner ce qu'elle disait, mais il présume qu'elle parlait espagnol. Ce témoin rend compte de l'état de la chambre et des cadavres dans les mêmes termes que nous l'avons fait hier.

« Henri Duval, un voisin, et orfèvre de son état, dépose qu'il faisait partie du groupe de ceux qui sont entrés les premiers dans la maison. Confirme généralement le témoignage de Muset. Aussitôt qu'ils se sont introduits dans la maison, ils ont refermé la porte pour barrer le passage à la foule qui s'amassait considérablement, malgré l'heure plus que matinale. La voix aiguë, à en croire le témoin, était une voix d'Italien. À coup sûr, ce n'était pas une voix française. Il ne sait pas au juste si c'était une voix de femme ; cependant, cela pourrait

bien être. Le témoin n'est pas familiarisé avec la langue ita-
lienne ; il n'a pu distinguer les paroles, mais il est convaincu
d'après l'intonation que l'individu qui parlait était un Italien.
Le témoin a connu madame l'Espanaye et sa fille. Il a fréquemment causé avec elles. Il est certain que la voix aiguë
n'était celle d'aucune des victimes.

« Odenheimer, restaurateur. Ce témoin s'est offert de lui-
même. Il ne parle pas français, et on l'a interrogé par le canal
d'un interprète. Il est né à Amsterdam. Il passait devant la
maison au moment des cris. Ils ont duré quelques minutes,
dix minutes peut-être. C'étaient des cris prolongés, très-hauts,
très-effrayants, – des cris navrants. Odenheimer est un de
ceux qui ont pénétré dans la maison. Il confirme le témoignage précédent, à l'exception d'un seul point. Il est sûr que la
voix aiguë était celle d'un homme, – d'un Français. Il n'a pu
distinguer les mots articulés. On parlait haut et vite, – d'un
ton inégal, – et qui exprimait la crainte aussi bien que la
colère. La voix était âpre, plutôt âpre qu'aiguë. Il ne peut
appeler cela précisément une voix aiguë. La grosse voix a dit à
plusieurs reprises : *Sacré, – diable,* – et une fois : *Mon Dieu !*

« Jules Mignaud, banquier, de la maison Mignaud et fils,
rue Deloraine. Il est l'aîné des Mignaud. Madame l'Espanaye
avait quelque fortune. Il lui avait ouvert un compte dans sa
maison, huit ans auparavant, au printemps. Elle a souvent
déposé chez lui de petites sommes d'argent. Il ne lui a rien
délivré jusqu'au troisième jour avant sa mort, où elle est
venue lui demander en personne une somme de quatre mille
francs. Cette somme lui a été payée en or, et un commis a été
chargé de la lui porter chez elle.

« Adolphe Lebon, commis chez Mignaud et fils, dépose
que, le jour en question vers midi, il a accompagné madame
l'Espanaye à son logis, avec les quatre mille francs, en deux
sacs. Quand la porte s'ouvrit, mademoiselle l'Espanaye parut,
et lui prit des mains l'un des deux sacs, pendant que la vieille
dame le déchargeait de l'autre. Il les salua et partit. Il n'a vu
personne dans la rue en ce moment. C'est une rue borgne,
très-solitaire.

« William Bird, tailleur, dépose qu'il est un de ceux qui se
sont introduits dans la maison. Il est anglais. Il a vécu deux
ans à Paris. Il est un des premiers qui ont monté l'escalier. Il a
entendu les voix qui se disputaient. La voix rude était celle
d'un Français. Il a pu distinguer quelques mots, mais il ne se

les rappelle pas. Il a entendu distinctement *sacré* et *mon Dieu*. C'était en ce moment un bruit comme de plusieurs personnes qui se battent, – le tapage d'une lutte et d'objets qu'on brise. La voix aiguë était très-forte, plus forte que la voix rude. Il est sûr que ce n'était pas une voix d'Anglais. Elle lui sembla une voix d'Allemand ; peut-être bien une voix de femme. Le témoin ne sait pas l'allemand.

« Quatre des témoins ci-dessus mentionnés ont été assignés de nouveau, et ont déposé que la porte de la chambre où fut trouvé le corps de mademoiselle l'Espanaye était fermée en dedans quand ils y arrivèrent. Tout était parfaitement silencieux ; ni gémissements, ni bruits d'aucune espèce. Après avoir forcé la porte, ils ne virent personne.

« Les fenêtres, dans la chambre de derrière et dans celle d'en face, étaient fermées et solidement assujetties en dedans. Une porte de communication était fermée, mais pas à clef. La porte qui conduit de la chambre du devant au corridor était fermée à clef, et la clef en dedans ; une petite pièce sur le devant de la maison, au quatrième étage, à l'entrée du corridor, ouverte, et la porte entrebâillée ; cette pièce, encombrée de vieux bois de lit, de malles, etc. On a soigneusement dérangé et visité tous ces objets. Il n'y a pas un pouce d'une partie quelconque de la maison qui n'ait été soigneusement visité. On a fait pénétrer des ramoneurs dans les cheminées. La maison est à quatre étages avec des mansardes. Une trappe qui donne sur le toit était condamnée et solidement fermée avec des clous ; elle ne semblait pas avoir été ouverte depuis des années. Les témoins varient sur la durée du temps écoulé entre le moment où l'on a entendu les voix qui se disputaient et celui où l'on a forcé la porte de la chambre. Quelques-uns l'évaluent très-court, – deux ou trois minutes, – d'autres, cinq minutes. La porte ne fut ouverte qu'à grand'peine.

« Alfonso Garcio, entrepreneur de pompes funèbres, dépose qu'il demeure rue Morgue. Il est né en Espagne. Il est un de ceux qui ont pénétré dans la maison. Il n'a pas monté l'escalier. Il a les nerfs très-délicats, et redoute les conséquences d'une violente agitation nerveuse. Il a entendu les voix qui se disputaient. La grosse voix était celle d'un Français. Il n'a pu distinguer ce qu'elle disait. La voix aiguë était celle d'un Anglais, il en est bien sûr. Le témoin ne sait pas l'anglais, mais il juge d'après l'intonation.

« Alberto Montani, confiseur, dépose qu'il fut des premiers qui montèrent l'escalier. Il a entendu les voix en question. La voix rauque était celle d'un Français. Il a distingué quelques mots. L'individu qui parlait semblait faire des remontrances. Il n'a pas pu deviner ce que disait la voix aiguë. Elle parlait vite et par saccades. Il l'a prise pour la voix d'un Russe. Il confirme en général les témoignages précédents. Il est italien ; il avoue qu'il n'a jamais causé avec un Russe.

« Quelques témoins, rappelés, certifient que les cheminées dans toutes les chambres, au quatrième étage, sont trop étroites pour livrer passage à un être humain. Quand ils ont parlé de ramonage, ils voulaient parler de ces brosses en forme de cylindre dont on se sert pour nettoyer les cheminées. On a fait passer ces brosses du haut en bas dans tous les tuyaux de la maison. Il n'y a sur le derrière aucun passage qui ait pu favoriser la fuite d'un assassin, pendant que les témoins montaient l'escalier. Le corps de Mlle l'Espanaye était si solidement engagé dans la cheminée, qu'il a fallu, pour le retirer, que quatre ou cinq des témoins réunissent leurs forces.

« Paul Dumas, médecin, dépose qu'il a été appelé au point du jour pour examiner les cadavres. Ils gisaient tous les deux sur le fond de sangle du lit dans la chambre où avait été trouvée Mlle l'Espanaye. Le corps de la jeune dame était fortement meurtri et excorié. Ces particularités s'expliquent suffisamment par le fait de son introduction dans la cheminée. La gorge était singulièrement écorchée. Il y avait, juste au-dessous du menton, plusieurs égratignures profondes, avec une rangée de taches livides, résultant évidemment de la pression des doigts. La face était affreusement décolorée, et les globes des yeux sortaient de la tête. La langue était coupée à moitié. Une large meurtrissure se manifestait au creux de l'estomac, produite, selon toute apparence, par la pression d'un genou. Dans l'opinion de M. Dumas, Mlle l'Espanaye avait été étranglée par un ou par plusieurs individus inconnus.

« Le corps de la mère était horriblement mutilé. Tous les os de la jambe et du bras gauche plus ou moins fracassés ; le tibia gauche brisé en esquilles, ainsi que les côtes du même côté. Tout le corps affreusement meurtri et décoloré. Il était impossible de dire comment de pareils coups avaient été portés. Une lourde massue de bois ou une large pince de fer, une arme grosse, pesante et contondante, aurait pu produire de

23

pareils résultats, et encore, maniée par les mains d'un homme excessivement robuste. Avec n'importe quelle arme, aucune femme n'aurait pu frapper de tels coups. La tête de la défunte, quand le témoin la vit, était entièrement séparée du tronc, et, comme le reste, singulièrement broyée. La gorge évidemment avait été tranchée avec un instrument très-affilé, très-probablement un rasoir.

« Alexandre Étienne, chirurgien, a été appelé en même temps que M. Dumas pour visiter les cadavres ; il confirme le témoignage et l'opinion de M. Dumas.

« Quoique plusieurs autres personnes aient été interrogées, on n'a pu obtenir aucun autre renseignement d'une valeur quelconque. Jamais assassinat si mystérieux, si embrouillé, n'a été commis à Paris, si toutefois il y a eu assassinat.

« La police est absolument déroutée, – cas fort usité dans les affaires de cette nature. Il est vraiment impossible de retrouver le fil de cette affaire. »

L'édition du soir constatait qu'il régnait une agitation permanente dans le quartier Saint-Roch ; que les lieux avaient été l'objet d'un second examen, que les témoins avaient été interrogés de nouveau, mais tout cela sans résultat. Cependant, un post-scriptum annonçait qu'Adolphe Lebon, le commis de la maison de banque, avait été arrêté et incarcéré, bien que rien des faits déjà connus ne parût suffisant pour l'incriminer.

Dupin semblait s'intéresser singulièrement à la marche de cette affaire, autant, du moins, que j'en pouvais juger par ses manières, car il ne faisait aucun commentaire. Ce fut seulement après que le journal eut annoncé l'emprisonnement de Lebon qu'il me demanda quelle opinion j'avais relativement à ce double meurtre.

Je ne pus que lui confesser que j'étais comme tout Paris, et que je le considérais comme un mystère insoluble. Je ne voyais aucun moyen d'attraper la trace du meurtrier.

– Nous ne devons pas juger des moyens possibles, dit Dupin, par une construction embryonnaire. La police parisienne, si vantée pour sa pénétration, est très-rusée, rien de plus. Elle procède sans méthode, elle n'a pas d'autre méthode que celle du moment. On fait ici un grand étalage de mesures, mais il arrive souvent qu'elles sont si intempestives et si mal appropriées au but, qu'elles font penser à M. Jourdain, qui demandait *sa robe de chambre – pour mieux entendre la musique*. Les résultats obtenus sont quelquefois surprenants, mais ils sont, pour la plus grande partie, simplement dus à la diligence et à l'activité. Dans le cas où ces facultés sont insuffisantes, les plans ratent. Vidocq, par exemple, était bon pour deviner ; c'était un homme de patience ; mais sa pensée n'étant pas suffisamment éduquée, il faisait continuellement fausse route, par l'ardeur même de ses investigations. Il diminuait la force de sa vision en regardant l'objet de trop près. Il pouvait peut-être voir un ou deux points avec une netteté singulière, mais, par le fait même de son procédé, il perdait l'aspect de l'affaire prise dans son ensemble. Cela peut s'appeler le moyen d'être trop profond. La vérité n'est pas toujours dans un puits. En somme, quant à ce qui regarde les notions qui nous intéressent de plus près, je crois qu'elle est invariablement à la surface. Nous la cherchons dans la profondeur de la vallée : c'est au sommet des montagnes que nous la découvrirons.

« On trouve dans la contemplation des corps célestes des exemples et des échantillons excellents de ce genre d'erreur. Jetez sur une étoile un rapide coup d'œil, regardez-la obliquement, en tournant vers elle la partie latérale de la rétine (beaucoup plus sensible à une lumière faible que la partie centrale), et vous verrez l'étoile distinctement ; vous aurez l'appréciation la plus juste de son éclat, éclat qui s'obscurcit à proportion que vous dirigez votre point de vue en plein sur elle.

« Dans le dernier cas, il tombe sur l'œil un plus grand nombre de rayons ; mais, dans le premier, il y a une réceptibilité plus complète, une susceptibilité beaucoup plus vive. Une profondeur outrée affaiblit la pensée et la rend perplexe ; et il est possible de faire disparaître Vénus elle-même du firmament par une attention trop soutenue, trop concentrée, trop directe.

« Quant à cet assassinat, faisons nous-mêmes un examen avant de nous former une opinion. Une enquête nous procurera de l'amusement (je trouvai cette expression bizarre, appliquée au cas en question, mais je ne dis mot) ; et, en outre, Lebon m'a rendu un service pour lequel je ne veux pas me montrer ingrat. Nous irons sur les lieux, nous les examinerons de nos propres yeux. Je connais G..., le préfet de police, et nous obtiendrons sans peine l'autorisation nécessaire. »

L'autorisation fut accordée, et nous allâmes tout droit à la rue Morgue. C'est un de ces misérables passages qui relient la rue Richelieu à la rue Saint-Roch. C'était dans l'après-midi, et il était déjà tard quand nous y arrivâmes, car ce quartier est situé à une grande distance de celui que nous habitions. Nous trouvâmes bien vite la maison, car il y avait une multitude de gens qui contemplaient de l'autre côté de la rue les volets fermés, avec une curiosité badaude. C'était une maison comme toutes les maisons de Paris, avec une porte cochère, et sur l'un des côtés une niche vitrée avec un carreau mobile, représentant la loge du concierge. Avant d'entrer, nous remontâmes la rue, nous tournâmes dans une allée, et nous passâmes ainsi sur les derrières de la maison. Dupin, pendant ce temps, examinait tous les alentours, aussi bien que la maison, avec une attention minutieuse dont je ne pouvais pas deviner l'objet.

Nous revînmes sur nos pas vers la façade de la maison ; nous sonnâmes, nous montrâmes notre pouvoir, et les agents nous permirent d'entrer. Nous montâmes jusqu'à la chambre où on avait trouvé le corps de mademoiselle l'Espanaye, et où gisaient encore les deux cadavres. Le désordre de la chambre avait été respecté, comme cela se pratique en pareil cas. Je ne vis rien de plus que ce qu'avait constaté la *Gazette des Tribunaux*. Dupin analysait minutieusement toutes choses, sans en excepter les corps des victimes. Nous passâmes ensuite dans les autres chambres, et nous descendîmes dans les cours, toujours accompagnés par un gendarme. Cet examen dura fort longtemps, et il était nuit quand nous quittâmes la maison. En retournant chez nous, mon camarade s'arrêta quelques minutes dans les bureaux d'un journal quotidien.

J'ai dit que mon ami avait toutes sortes de bizarreries, et que je les *ménageais* (car ce mot n'a pas d'équivalent en anglais). Il entrait maintenant dans sa fantaisie de se refuser à toute conversation relativement à l'assassinat, jusqu'au lendemain à midi. Ce fut alors qu'il me demanda brusquement si j'avais remarqué quelque chose de *particulier* sur le théâtre du crime.

Il y eut dans sa manière de prononcer le mot *particulier* un accent qui me donna le frisson sans que je susse pourquoi.

– Non, rien de particulier, dis-je, rien autre, du moins, que ce que nous avons lu tous deux dans le journal.

– La *Gazette*, reprit-il, n'a pas, je le crains, pénétré l'horreur insolite de l'affaire. Mais laissons là les opinions niaises de ce papier. Il me semble que le mystère est considéré comme insoluble, par la raison même qui devrait le faire regarder comme facile à résoudre, – je veux parler du caractère excessif sous lequel il apparaît. Les gens de police sont confondus par l'absence apparente de motifs légitimant, non le meurtre en lui-même, mais l'atrocité du meurtre. Ils se sont embarrassés aussi par l'impossibilité apparente de concilier les voix qui se disputaient avec ce fait qu'on n'a trouvé en haut de l'escalier d'autre personne que mademoiselle l'Espanaye, assassinée, et qu'il n'y avait aucun moyen de sortir sans être vu des gens qui montaient l'escalier. L'étrange désordre de la chambre, – le corps fourré, la tête en bas, dans la cheminée, – l'effrayante mutilation du corps de la vieille dame, – ces considérations, jointes à celles que j'ai mentionnées et à d'autres dont je n'ai pas besoin de parler, ont suffi pour paralyser l'action des agents du ministère et pour dérouter complètement leur perspicacité si vantée. Ils ont commis la très-grosse et très-commune faute de confondre l'extraordinaire avec l'abstrus. Mais c'est justement en suivant ces déviations du cours ordinaire de la nature que la raison trouvera son chemin, si la chose est possible, et marchera vers la vérité. Dans des investigations du genre de celle qui nous occupe, il ne faut pas tant se demander comment les choses se sont passées, qu'étudier en quoi elles se distinguent de tout ce qui est arrivé jusqu'à présent. Bref, la facilité avec laquelle j'arriverai, – ou je suis déjà arrivé, – à la solution du mystère, est en raison directe de son insolubilité apparente aux yeux de la police.

Je fixai mon homme avec un étonnement muet.

– J'attends maintenant, continua-t-il en jetant un regard sur la porte de notre chambre, j'attends un individu qui, bien qu'il ne soit peut-être pas l'auteur de cette boucherie, doit se trouver en partie impliqué dans sa perpétration. Il est probable qu'il est innocent de la partie atroce du crime. J'espère ne pas me tromper dans cette hypothèse ; car c'est sur cette hypothèse que je fonde l'espérance de déchiffrer l'énigme entière. J'attends l'homme ici, – dans cette chambre, – d'une minute à l'autre. Il est vrai qu'il peut fort bien ne pas venir, mais il y a quelques probabilités pour qu'il vienne. S'il vient, il sera nécessaire de le garder. Voici des pistolets, et nous savons tous deux à quoi ils servent quand l'occasion l'exige.

27

Je pris les pistolets, sans trop savoir ce que je faisais, pouvant à peine en croire mes oreilles, – pendant que Dupin continuait, à peu près comme dans un monologue. J'ai déjà parlé de ses manières distraites dans ces moments-là. Son discours s'adressait à moi ; mais sa voix, quoique montée à un diapason fort ordinaire, avait cette intonation que l'on prend d'habitude en parlant à quelqu'un placé à une grande distance. Ses yeux, d'une expression vague, ne regardaient que le mur.

– Les voix qui se disputaient, disait-il, les voix entendues par les gens qui montaient l'escalier n'étaient pas celles de ces malheureuses femmes, – cela est plus que prouvé par l'évidence. Cela nous débarrasse pleinement de la question de savoir si la vieille dame aurait assassiné sa fille et se serait ensuite suicidée.

« Je ne parle de ce cas que par amour de la méthode car la force de madame l'Espanaye eût été absolument insuffisante pour introduire le corps de sa fille dans la cheminée de la façon où on l'a découvert ; et la nature des blessures trouvées sur sa propre personne exclut entièrement l'idée du suicide. Le meurtre a donc été commis par des tiers, et les voix de ces tiers sont celles qu'on a entendues se quereller.

« Permettez-moi maintenant d'appeler votre attention, – non pas sur les dépositions relatives à ces voix, – mais sur ce qu'il y a de *particulier* dans ces dépositions. Y avez-vous remarqué quelque chose de particulier ? »

Je remarquai que, pendant que tous les témoins s'accordaient à considérer la grosse voix comme étant celle d'un Français, il y avait un grand désaccord relativement à la voix aiguë, ou, comme l'avait définie un seul individu, à la voix âpre.

– Cela constitue l'évidence, dit Dupin, mais non la particularité de l'évidence. Vous n'avez rien observé de distinctif ; – cependant il y avait *quelque chose* à observer. Les témoins, remarquez-le bien, sont d'accord sur la grosse voix ; là-dessus, il y a unanimité. Mais, relativement à la voix aiguë, il y a une particularité, – elle ne consiste pas dans leur désaccord, – mais en ceci que, quand un Italien, un Anglais, un Espagnol, un Hollandais essayent de la décrire, chacun en parle comme d'une voix d'*étranger*, chacun est sûr que ce n'était pas la voix d'un de ses compatriotes.

« Chacun la compare, non pas à la voix d'un individu dont la langue lui serait familière, mais justement au contraire. Le Français présume que c'était une voix d'Espagnol, et *il aurait pu distinguer quelques mots s'il était familiarisé avec l'espagnol.* Le Hollandais affirme que c'était la voix d'un Français ; mais il est établi que le témoin, ne sachant pas le français, a été interrogé par le canal d'un interprète. L'Anglais pense que c'était la voix d'un Allemand, et *il n'entend pas l'allemand.* L'Espagnol est *positivement sûr* que c'était la voix d'un Anglais, mais il en juge uniquement par l'intonation, car *il n'a aucune connaissance de l'anglais.* L'Italien croit à une voix de Russe, mais *il n'a jamais causé avec une personne native de Russie.* Un autre Français, cependant, diffère du premier, et il est certain que c'était une voix d'Italien ; mais, n'ayant pas la connaissance de cette langue, il fait comme l'Espagnol, *il tire sa certitude de l'intonation.* Or, cette voix était donc bien insolite et bien étrange, qu'on ne pût obtenir à son égard que de pareils témoignages ? Une voix dans les intonations de laquelle des citoyens des cinq grandes parties de l'Europe n'ont rien pu reconnaître qui leur fût familier ! Vous me direz que c'était peut-être la voix d'un Asiatique ou d'un Africain. Les Africains et les Asiatiques n'abondent pas à Paris ; mais, sans nier la possibilité du cas, j'appellerai simplement votre attention sur trois points.

« Un témoin dépeint la voix ainsi : *plutôt âpre qu'aiguë.* Deux autres en parlent comme d'une voix *brève et saccadée.* Ces témoins n'ont distingué aucune parole, – aucun son ressemblant à des paroles.

« Je ne sais pas, continua Dupin, quelle impression j'ai pu faire sur votre entendement ; mais je n'hésite pas à affirmer qu'on peut tirer des déductions légitimes de cette partie même des dépositions, – la partie relative aux deux voix, – la grosse voix et la voix aiguë, – très-suffisantes en elles-mêmes pour créer un soupçon qui indiquerait la route dans toute investigation ultérieure du mystère.

« J'ai dit : déductions légitimes, mais cette expression ne rend pas complètement ma pensée. Je voulais faire entendre que ces déductions sont les seules convenables, et que ce soupçon en surgit inévitablement comme le seul résultat possible. Cependant, de quelle nature est ce soupçon, je ne le vous dirai pas immédiatement. Je désire simplement vous démontrer que ce soupçon était plus que suffisant pour donner un caractère décidé, une tendance positive à l'enquête que je voulais faire dans la chambre.

« Maintenant, transportons-nous en imagination dans cette chambre. Quel sera le premier objet de notre recherche ? Les moyens d'évasion employés par les meurtriers. Nous pouvons affirmer, – n'est-ce pas, – que nous ne croyons ni l'un ni l'autre aux événements surnaturels ? Mesdames l'Espanaye n'ont pas été assassinées par les esprits. Les auteurs du meurtre étaient des êtres matériels, et ils ont fui matériellement.

« Or, comment ? Heureusement, il n'y a qu'une manière de raisonner sur ce point, et cette manière nous conduira à une conclusion positive. Examinons donc un à un les moyens possibles d'évasion. Il est clair que les assassins étaient dans la chambre où l'on a trouvé mademoiselle l'Espanaye, ou du moins dans la chambre adjacente quand la foule a monté l'escalier. Ce n'est donc que dans ces deux chambres que nous avons à chercher des issues. La police a levé les parquets, ouvert les plafonds, sondé la maçonnerie des murs. Aucune issue secrète n'a pu échapper à sa perspicacité. Mais je ne me suis pas fié à ses yeux, et j'ai examiné avec les miens ; il n'y a réellement pas d'issue secrète. Les deux portes qui conduisent des chambres dans le corridor étaient solidement fermées et les clefs en dedans. Voyons les cheminées. Celles-ci, qui sont d'une largeur ordinaire jusqu'à une distance de huit ou dix pieds au-dessus du foyer, ne livreraient pas au-delà un passage suffisant à un gros chat.

« L'impossibilité de la fuite, du moins par les voies ci-dessus indiquées, étant donc absolument établie, nous en sommes réduits aux fenêtres. Personne n'a pu fuir par celles de la chambre du devant sans être vu par la foule du dehors. Il a donc *fallu* que les meurtriers s'échappassent par celles de la chambre de derrière.

« Maintenant, amenés, comme nous le sommes, à cette conclusion par des déductions aussi irréfragables, nous n'avons pas le droit, en tant que raisonneurs, de la rejeter en raison de son apparente impossibilité. Il ne nous reste donc qu'à démontrer que cette impossibilité apparente n'existe pas en réalité.

« Il y a deux fenêtres dans la chambre. L'une des deux n'est pas obstruée par l'ameublement, et est restée entièrement visible. La partie inférieure de l'autre est cachée par le chevet du lit, qui est fort massif et qui est poussé tout contre. On a constaté que la première était solidement assujettie en dedans. Elle a résisté aux efforts les plus violents de ceux qui ont essayé de la lever. On avait percé dans son châssis, à gauche, un grand trou avec une vrille, et on y trouva un gros clou enfoncé presque jusqu'à la tête. En examinant l'autre fenêtre, on y a trouvé fiché un clou semblable ; et un vigoureux effort pour lever le châssis n'a pas eu plus de succès que de l'autre côté. La police était dès lors pleinement convaincue qu'aucune fuite n'avait pu s'effectuer par ce chemin. Il fut donc considéré comme superflu de retirer les clous et d'ouvrir les fenêtres.

« Mon examen fut un peu plus minutieux, et cela par la raison que je vous ai donnée tout à l'heure. C'était le cas, je le savais, où il *fallait* démontrer que l'impossibilité n'était qu'apparente.

« Je continuai à raisonner ainsi, – *a posteriori*. – Les meurtriers s'étaient évadés par l'une de ces fenêtres. Cela étant, ils ne pouvaient pas avoir réassujetti les châssis en dedans, comme on les a trouvés ; considération qui, par son évidence, a borné les recherches de la police dans ce sens-là. Cependant, ces châssis étaient bien fermés. Il *faut* donc qu'ils puissent se fermer d'eux-mêmes. Il n'y avait pas moyen d'échapper à cette conclusion. J'allai droit à la fenêtre non bouchée, je retirai le clou avec quelque difficulté, et j'essayai de lever le châssis. Il a résisté à tous mes efforts comme je m'y attendais. Il y avait donc, j'en étais sûr maintenant, un ressort caché ; et ce fait, corroborant mon idée, me convainquit au moins de la justesse de mes prémisses, quelque mystérieuses que m'apparussent toujours les circonstances relatives aux clous. Un examen minutieux me fit bientôt découvrir le ressort secret. Je le poussai, et, satisfait de ma découverte, je m'abstins de lever le châssis.

« Je remis alors le clou en place et l'examinai attentivement. Une personne passant par la fenêtre pouvait l'avoir refermée, et le ressort aurait fait son office ; mais le clou n'aurait pas été replacé. Cette conclusion était nette et rétrécissait encore le champ de mes investigations. Il *fallait* que les assassins se fussent enfuis par l'autre fenêtre. En supposant donc que les ressorts des deux croisées fussent semblables, comme il était probable, il *fallait* cependant trouver une différence dans les clous, ou au moins dans la manière dont ils avaient été fixés. Je montai sur le fond de sangle du lit, et je regardai minutieusement l'autre fenêtre par-dessus le chevet du lit. Je passai ma main derrière, je découvris aisément le ressort, et je le fis jouer ; – il était, comme je l'avais deviné, identique au premier. Alors j'examinai le clou. Il était aussi gros que l'autre, et fixé de la même manière, enfoncé presque jusqu'à la tête.

« Vous direz que j'étais embarrassé ; mais, si vous avez une pareille pensée, c'est que vous vous êtes mépris sur la nature de mes inductions. Pour me servir d'un terme de jeu, je n'avais pas commis une seule faute ; je n'avais pas perdu la piste un seul instant ; il n'y avait pas une lacune d'un anneau à la chaîne. J'avais suivi le secret jusque dans sa dernière phase, et cette phase, c'était le clou. Il ressemblait, dis-je, sous tous les rapports, à son voisin de l'autre fenêtre ; mais ce fait, quelque concluant qu'il fût en apparence, devenait absolument nul, en face de cette considération dominante, à savoir que là, à ce clou, finissait le fil conducteur. Il faut, me dis-je, qu'il y ait dans ce clou quelque chose de défectueux. Je le touchai, et la tête, avec un petit morceau de la tige, un quart de pouce environ, me resta dans les doigts. Le reste de la tige était dans le trou, où elle s'était cassée. Cette fracture était fort ancienne, car les bords étaient incrustés de rouille, et elle avait été opérée par un coup de marteau, qui avait enfoncé en partie la tête du clou dans le fond du châssis. Je rajustai soigneusement la tête avec le morceau qui la continuait, et le tout figura un clou intact ; la fissure était inappréciable. Je pressai le ressort, je levai doucement la croisée de quelques pouces ; la tête du clou vint avec elle, sans bouger de son trou. Je refermai la croisée, et le clou offrit de nouveau le semblant d'un clou complet.

« Jusqu'ici l'énigme était débrouillée. L'assassin avait fui par la fenêtre qui touchait au lit. Qu'elle fût retombée d'elle-même après la fuite ou qu'elle eût été fermée par une main humaine, elle était retenue par le ressort, et la police avait attribué cette résistance au clou ; aussi toute enquête ultérieure avait été jugée superflue.

« La question, maintenant, était celle du mode de descente. Sur ce point, j'avais satisfait mon esprit dans notre promenade autour du bâtiment. À cinq pieds et demi environ de la fenêtre en question court une chaîne de paratonnerre. De cette chaîne, il eût été impossible à n'importe qui d'atteindre la fenêtre, à plus forte raison, d'entrer.

32

« Toutefois, j'ai remarqué que les volets du quatrième étage étaient du genre particulier que les menuisiers parisiens appellent *ferrades*, genre de volets fort peu usités aujourd'hui, mais qu'on rencontre fréquemment dans de vieilles maisons de Lyon et de Bordeaux. Ils sont faits comme une porte ordinaire (porte simple, et non pas à double battant), à l'exception que la partie inférieure est façonnée à jour et treillissée, ce qui donne aux mains une excellente prise.

« Dans le cas en question, ces volets sont larges de trois bons pieds et demi. Quand nous les avons examinés du derrière de la maison, ils étaient tous les deux ouverts à moitié, c'est-à-dire qu'ils faisaient angle droit avec le mur. Il est présumable que la police a examiné comme moi les derrières du bâtiment, mais, en regardant ces *ferrades* dans le sens de leur largeur (comme elle les a vues inévitablement), elle n'a sans doute pas pris garde à cette largeur même, ou du moins elle n'y a pas attaché l'importance nécessaire. En somme, les agents, quand il a été démontré pour eux que la fuite n'avait pu s'effectuer de ce côté, ne leur ont appliqué qu'un examen succinct.

« Toutefois, il était évident pour moi que le volet appartenant à la fenêtre située au chevet du lit, si on le supposait rabattu contre le mur, se trouverait à deux pieds de la chaîne du paratonnerre. Il était clair aussi que, par l'effort d'une énergie et d'un courage insolites, on pouvait, à l'aide de la chaîne, avoir opéré une invasion par la fenêtre. Arrivé à cette distance de deux pieds et demi (je suppose maintenant le volet complètement ouvert), un voleur aurait pu trouver dans le treillage une prise solide. Il aurait pu dès lors, en lâchant la chaîne, en assurant bien ses pieds contre le mur et en s'élançant vivement, tomber dans la chambre, et attirer violemment le volet avec lui de manière à le fermer, – en supposant, toutefois, la fenêtre ouverte en ce moment-là.

« Remarquez bien, je vous prie, que j'ai parlé d'une énergie très-peu commune, nécessaire pour réussir dans une entreprise aussi difficile, aussi hasardeuse. Mon but est de vous prouver d'abord que la chose a pu se faire, – en second lieu et *principalement*, d'attirer votre attention sur le caractère *très-extraordinaire*, presque surnaturel, de l'agilité nécessaire pour l'accomplir.

« Vous direz sans doute, en vous servant de la langue judiciaire, que, pour donner ma preuve *a fortiori*, je devrais plutôt *sous-évaluer* l'énergie nécessaire dans ce cas que réclamer son exacte estimation. C'est peut-être la pratique des tribunaux, mais cela ne rentre pas dans les us de la raison. Mon objet final, c'est la vérité. Mon but actuel, c'est de vous induire à rapprocher cette énergie tout à fait insolite de cette voix si particulière, de cette voix aiguë (ou âpre), de cette voix saccadée, dont la nationalité n'a pu être constatée par l'accord de deux témoins, et dans laquelle personne n'a saisi de mots articulés, de syllabisation. »

À ces mots, une conception vague et embryonnaire de la pensée de Dupin passa dans mon esprit. Il me semblait être sur la limite de la compréhension sans pouvoir comprendre ; comme les gens qui sont quelquefois sur le bord du souvenir, et qui cependant ne parviennent pas à se rappeler. Mon ami continua son argumentation :

– Vous voyez, dit-il, que j'ai transporté la question du mode de sortie au mode d'entrée. Il était dans mon plan de démontrer qu'elles se sont effectuées de la même manière et sur le même point. Retournons maintenant dans l'intérieur de la chambre. Examinons toutes les particularités. Les tiroirs de la commode, dit-on, ont été mis au pillage, et cependant on y a trouvé plusieurs articles de toilette intacts. Cette conclusion est absurde ; c'est une simple conjecture, – une conjecture passablement niaise, et rien de plus. Comment pouvons-nous savoir que les articles trouvés dans les tiroirs ne représentent pas tout ce que les tiroirs contenaient ? Madame l'Espanaye et sa fille menaient une vie excessivement retirée, ne voyaient pas le monde, sortaient rarement, avaient donc peu d'occasions de changer de toilette. Ceux qu'on a trouvés étaient au moins d'aussi bonne qualité qu'aucun de ceux que possédaient vraisemblablement ces dames. Et, si un voleur en avait pris quelques-uns, pourquoi n'aurait-il pas pris les meilleurs, – pourquoi ne les aurait-il pas tous pris ? Bref, pourquoi aurait-il abandonné les quatre mille francs en or pour s'empêtrer d'un paquet de linge ? L'or a été abandonné. La presque totalité de la somme désignée par le banquier Mignaud a été trouvée sur le parquet, dans les sacs. Je tiens donc à écarter de votre pensée l'idée saugrenue d'un *intérêt*, idée engendrée dans le cerveau de la police par les dépositions qui parlent d'argent délivré à la porte même de la maison. Des coïncidences dix fois plus remarquables que celle-ci (la livraison de l'argent et le meurtre commis trois jours après sur le propriétaire) se présentent dans chaque heure de notre vie sans attirer notre attention, même une minute. En général, les coïncidences sont de grosses pierres d'achoppement dans la route de ces pauvres penseurs mal éduqués qui ne savent pas le premier mot de la théorie des probabilités, théorie à laquelle le savoir humain doit ses plus glorieuses conquêtes et ses plus belles découvertes. Dans le cas présent, si l'or avait disparu, le fait qu'il avait été délivré trois jours auparavant créerait quelque chose de plus qu'une coïncidence. Cela corroborerait l'idée d'intérêt. Mais, dans les circonstances réelles où nous sommes placés, si nous supposons que l'or a été le mobile de l'attaque, il nous faut supposer ce criminel assez indécis et assez idiot pour oublier à la fois son or et le mobile qui l'a fait agir.

« Mettez donc bien dans votre esprit les points sur lesquels j'ai attiré votre attention, – cette voix particulière, cette agilité sans pareille, et cette absence frappante d'intérêt dans un meurtre aussi singulièrement atroce que celui-ci. – Maintenant, examinons la boucherie en elle-même. Voilà une femme étranglée par la force des mains, et introduite dans une cheminée, la tête en bas. Des assassins ordinaires n'emploient pas de pareils procédés pour tuer. Encore moins cachent-ils ainsi les cadavres de leurs victimes. Dans cette façon de fourrer le corps dans la cheminée, vous admettrez qu'il y a quelque chose d'excessif et de bizarre – quelque chose d'absolument inconciliable avec tout ce que nous connaissons en général des actions humaines, même en supposant que les auteurs fussent les plus pervertis des hommes. Songez aussi quelle force prodigieuse il a fallu pour pousser ce corps dans une pareille ouverture, et l'y pousser si puissamment, que les efforts réunis de plusieurs personnes furent à peine suffisants pour l'en retirer.

« Portons maintenant notre attention sur d'autres indices de cette vigueur merveilleuse. Dans le foyer, on a trouvé des mèches de cheveux, – des mèches très épaisses de cheveux gris. Ils ont été arrachés avec leurs racines. Vous savez quelle puissante force il faut pour arracher seulement de la tête vingt ou trente cheveux à la fois. Vous avez vu les mèches en question aussi bien que moi. À leurs racines grumelées – affreux spectacle ! – adhéraient des fragments de cuir chevelu, – preuve certaine de la prodigieuse puissance qu'il a fallu déployer pour déraciner peut-être cinq cent mille cheveux d'un seul coup.

« Non seulement le cou de la vieille dame était coupé, mais la tête absolument séparée du corps : l'instrument était un simple rasoir. Je vous prie de remarquer cette férocité *bestiale*. Je ne parle pas des meurtrissures du corps de madame l'Espanaye ; M. Dumas et son honorable confrère, M. Étienne, ont affirmé qu'elles avaient été produites par un instrument contondant ; et en cela ces messieurs furent tout à fait dans le vrai. L'instrument contondant a été évidemment le pavé de la cour sur lequel la victime est tombée de la fenêtre qui donne sur le lit. Cette idée, quelque simple qu'elle apparaisse maintenant, a échappé à la police par la même raison qui l'a empêchée de remarquer la largeur des volets ; parce que, grâce à la circonstance des clous, sa perception était hermétiquement bouchée à l'idée que les fenêtres eussent jamais pu être ouvertes.

« Si maintenant, – subsidiairement, – vous avez convenablement réfléchi au désordre bizarre de la chambre, nous sommes allés assez avant pour combiner les idées d'une agilité merveilleuse, d'une férocité bestiale, d'une boucherie sans motif, d'une *grotesquerie* dans l'horrible absolument étrangère à l'humanité, et d'une voix dont l'accent est inconnu à l'oreille d'hommes de plusieurs nations, d'une voix dénuée de toute syllabisation distincte et intelligible. Or, pour vous, qu'en ressort-il ? Quelle impression ai-je faite sur votre imagination ? »

Je sentis un frisson courir dans ma chair quand Dupin me fit cette question.

– Un fou, dis-je, aura commis ce meurtre, – quelque maniaque furieux échappé à une maison de santé du voisinage.

– Pas trop mal, répliqua-t-il, votre idée est presque applicable. Mais les voix des fous, même dans leurs plus sauvages paroxysmes, ne se sont jamais accordées avec ce qu'on dit de cette singulière voix entendue dans l'escalier. Les fous font partie d'une nation quelconque et leur langage, pour incohérent qu'il soit dans les paroles, est toujours syllabifié. En outre, le cheveu d'un fou ne ressemble pas à celui que je tiens maintenant dans ma main. J'ai dégagé cette petite touffe des doigts rigides et crispés de madame l'Espanaye. Dites-moi ce que vous en pensez.

– Dupin ! dis-je, complètement bouleversé, ces cheveux sont bien extraordinaires, – ce ne sont pas là des cheveux *humains* !

– Je n'ai pas affirmé qu'ils fussent tels, dit-il ; mais, avant de nous décider sur ce point, je désire que vous jetiez un coup d'œil sur le petit dessin que j'ai tracé sur ce bout de papier. C'est un *fac-similé* qui représente ce que certaines dépositions définissent *les meurtrissures noirâtres et les profondes marques d'ongles* trouvées sur le cou de mademoiselle l'Espanaye, et que MM. Dumas et Étienne appellent *une série de taches livides, évidemment causées par l'impression des doigts.*

« Vous voyez, continua mon ami en déployant le papier sur la table, que ce dessin donne l'idée d'une poigne solide et ferme. Il n'y a pas d'apparence que les doigts aient glissé. Chaque doigt a gardé, peut-être jusqu'à la mort de la victime, la terrible prise qu'il s'était faite, et dans laquelle il s'est moulé. Essayez maintenant de placer tous vos doigts, en même temps, chacun dans la marque analogue que vous voyez. »

J'essayai, mais inutilement.

– Il est possible, dit Dupin, que nous ne fassions pas cette expérience d'une manière décisive. Le papier est déployé sur une surface plane, et la gorge humaine est cylindrique. Voici un rouleau de bois dont la circonférence est à peu près celle d'un cou. Étalez le dessin tout autour ; et recommencez l'expérience.

J'obéis ; mais la difficulté fut encore plus évidente que la première fois.

– Ceci, dis-je, n'est pas la trace d'une main humaine.

– Maintenant, dit Dupin, lisez ce passage de Cuvier.

C'était l'histoire minutieuse, anatomique et descriptive, du grand orang-outang fauve des îles de l'Inde orientale. Tout le monde connaît suffisamment la gigantesque stature, la force et l'agilité prodigieuses, la férocité sauvage et les facultés d'imitation de ce mammifère. Je compris d'un seul coup tout l'horrible du meurtre.

– La description des doigts, dis-je quand j'eus fini la lecture, s'accorde parfaitement avec le dessin. Je vois qu'aucun animal, – excepté un orang-outang, et de l'espèce en question, – n'aurait pu faire des marques telles que celles que vous avez dessinées. Cette touffe de poils fauves est aussi d'un caractère identique à celui de l'animal de Cuvier. Mais je ne me rends pas facilement compte des détails de cet effroyable mystère.

D'ailleurs, on a entendu *deux* voix se disputer, et l'une d'elles était incontestablement la voix d'un Français.

– C'est vrai ; et vous vous rappellerez une expression attribuée presque unanimement à cette voix, – l'expression *Mon Dieu !* Ces mots, dans les circonstances présentes, ont été caractérisés par l'un des témoins (Montani, le confiseur) comme exprimant un reproche et une remontrance. C'est donc sur ces deux mots que j'ai fondé l'espérance de débrouiller complètement l'énigme. Un Français a eu connaissance du meurtre. Il est possible, – il est même plus que probable qu'il est innocent de toute participation à cette sanglante affaire. L'orang-outang a pu lui échapper. Il est possible qu'il ait suivi sa trace jusqu'à la chambre, mais que, dans les circonstances terribles qui ont suivi, il n'ait pu s'emparer de lui. L'animal est encore libre. Je ne poursuivrai pas ces conjectures, je n'ai pas le droit d'appeler ces idées d'un autre nom, puisque les ombres de réflexions qui leur servent de base sont d'une profondeur à peine suffisante pour être appréciées par ma propre raison, et que je ne prétendrais pas qu'elles fussent appréciables pour une autre intelligence. Nous les nommerons donc des conjectures, et nous ne les prendrons que pour telles. Si le Français en question est, comme je le suppose, innocent de cette atrocité, cette annonce que j'ai laissée hier au soir, pendant que nous retournions au logis, dans les bureaux du journal *le Monde* (feuille consacrée aux intérêts maritimes, et très-recherchée par les marins), l'amènera chez nous.

Il me tendit un papier, et je lus :

AVIS. – On a trouvé dans le bois de Boulogne, le matin du... courant [c'était le matin de l'assassinat], de fort bonne heure, un énorme orang-outang fauve de l'espèce de Bornéo. Le propriétaire (qu'on sait être un marin appartenant à l'équipage d'un navire maltais) peut retrouver l'animal, après en avoir donné un signalement satisfaisant et remboursé quelques frais à la personne qui s'en est emparée et qui l'a gardé. S'adresser rue..., n°..., faubourg Saint-Germain, au troisième.

– Comment avez-vous pu, demandai-je à Dupin, savoir que l'homme était un marin, et qu'il appartenait à un navire maltais ?

– Je ne le sais pas, dit-il, je n'en suis pas sûr. Voici toutefois un petit morceau de ruban qui, j'en juge par sa forme et son aspect graisseux, a évidemment servi à nouer les cheveux en une de ces longues queues qui rendent les marins si fiers et si farauds. En outre, ce nœud est un de ceux que peu de personnes savent faire, excepté les marins, et il est particulier aux Maltais. J'ai ramassé le ruban au bas de la chaîne du paratonnerre. Il est impossible qu'il ait appartenu à l'une des deux victimes. Après tout, si je me suis trompé en induisant de ce ruban que le Français est un marin appartenant à un navire maltais, je n'aurai fait de mal à personne avec mon annonce. Si je suis dans l'erreur, il supposera simplement que j'ai été fourvoyé par quelque circonstance dont il ne prendra pas la peine de s'enquérir. Mais, si je suis dans le vrai, il y a un grand point de gagné. Le Français qui a connaissance du meurtre, bien qu'il en soit innocent, hésitera naturellement à répondre à l'annonce, – à réclamer son orang-outang. Il raisonnera ainsi : « Je suis innocent ; je suis pauvre ; mon orang-outang est d'un grand prix ; – c'est presque une fortune dans une situation comme la mienne ; – pourquoi le perdrais-je par quelques niaises appréhensions de danger ? Le voilà, il est sous ma main. On l'a trouvé dans le bois de Boulogne, – à une grande distance du théâtre du meurtre. Soupçonnera-t-on jamais qu'une bête brute ait pu faire le coup ? La police est dépistée, – elle n'a pu retrouver le plus petit fil conducteur. Quand même on serait sur la piste de l'animal, il serait impossible de me prouver que j'ai eu connaissance de ce meurtre, ou de m'incriminer en raison de cette connaissance. Enfin, et avant tout, *je suis connu*. Le rédacteur de l'annonce me désigne comme le propriétaire de la bête. Mais je ne sais pas jusqu'à quel point s'étend sa certitude. Si j'évite de réclamer une propriété d'une aussi grosse valeur, qui est connue pour m'appartenir, je puis attirer sur l'animal un dangereux soupçon. Ce serait de ma part une mauvaise politique d'appeler l'attention sur moi ou sur la bête. Je répondrai décidément à l'avis du journal, je reprendrai mon orang-outang, et je l'enfermerai solidement jusqu'à ce que cette affaire soit oubliée. »

En ce moment, nous entendîmes un pas qui montait l'escalier.

– Apprêtez-vous, dit Dupin, prenez vos pistolets, mais ne vous en servez pas, – ne les montrez pas avant un signal de moi.

On avait laissé ouverte la porte cochère, et le visiteur était entré sans sonner et avait gravi plusieurs marches de l'escalier. Mais on eût dit maintenant qu'il hésitait. Nous l'entendions redescendre. Dupin se dirigea vivement vers la porte, quand nous l'entendîmes qui remontait. Cette fois, il ne battit pas en retraite, mais s'avança délibérément et frappa à la porte de notre chambre.

– Entrez, dit Dupin d'une voix gaie et cordiale.

Un homme se présenta. C'était évidemment un marin, – un grand, robuste et musculeux individu, avec une expression d'audace de tous les diables qui n'était pas du tout déplaisante. Sa figure, fortement hâlée, était plus qu'à moitié cachée par les favoris et les moustaches. Il portait un gros bâton de chêne, mais ne semblait pas autrement armé. Il nous salua gauchement, et nous souhaita le bonsoir avec un accent français qui, bien que légèrement bâtardé de suisse, rappelait suffisamment une origine parisienne.

– Asseyez-vous, mon ami, dit Dupin ; je suppose que vous venez pour votre orang-outang. Sur ma parole, je vous l'envie presque ; il est remarquablement beau et c'est sans doute une bête d'un grand prix. Quel âge lui donnez-vous bien ?

Le matelot aspira longuement, de l'air d'un homme qui se trouve soulagé d'un poids intolérable, et répliqua d'une voix assurée :

– Je ne saurais trop vous dire ; cependant, il ne peut guère avoir plus de quatre ou cinq ans. Est-ce que vous l'avez ici ?

– Oh ! non ; nous n'avions pas de lieu commode pour l'enfermer. Il est dans une écurie de manège près d'ici, rue Dubourg. Vous pourrez l'avoir demain matin. Ainsi, vous êtes en mesure de prouver votre droit de propriété ?

– Oui, monsieur, certainement.

– Je serais vraiment peiné de m'en séparer, dit Dupin.

– Je n'entends pas, dit l'homme, que vous ayez pris tant de peine pour rien ; je n'y ai pas compté. Je payerai volontiers une récompense à la personne qui a retrouvé l'animal, une récompense raisonnable s'entend.

– Fort bien, répliqua mon ami, tout cela est fort juste, en vérité. Voyons, – que donneriez-vous bien ? Ah ! je vais vous le dire. Voici quelle sera ma récompense : vous me raconterez tout ce que vous savez relativement aux assassinats de la rue Morgue.

Dupin prononça ces derniers mots d'une voix très basse et fort tranquillement. Il se dirigea vers la porte avec la même placidité, la ferma, et mit la clef dans sa poche. Il tira alors un pistolet de son sein, et le posa sans le moindre émoi sur la table.

La figure du marin devint pourpre, comme s'il en était aux agonies d'une suffocation. Il se dressa sur ses pieds et saisit son bâton ; mais, une seconde après, il se laissa retomber sur son siège, tremblant violemment et la mort sur le visage. Il ne pouvait articuler une parole. Je le plaignais du plus profond de mon cœur.

– Mon ami, dit Dupin d'une voix pleine de bonté, vous vous alarmez sans motif, – je vous assure. Nous ne voulons vous faire aucun mal. Sur mon honneur de galant homme et de Français, nous n'avons aucun mauvais dessein contre vous. Je sais parfaitement que vous êtes innocent des horreurs de la rue Morgue. Cependant, cela ne veut pas dire que vous n'y soyez pas quelque peu impliqué. Le peu que je vous ai dit doit vous prouver que j'ai sur cette affaire des moyens d'information dont vous ne vous seriez jamais douté. Maintenant, la chose est claire pour nous. Vous n'avez rien fait que vous ayez pu éviter, – rien, à coup sûr, qui vous rende coupable. Vous auriez pu voler impunément ; vous n'avez même pas été coupable de vol. Vous n'avez rien à cacher ; vous n'avez aucune raison de cacher quoi que ce soit. D'un autre côté, vous êtes contraint par tous les principes de l'honneur à confesser tout ce que vous savez. Un homme innocent est actuellement en prison, accusé du crime dont vous pouvez indiquer l'auteur.

Pendant que Dupin prononçait ces mots, le matelot avait recouvré, en grande partie, sa présence d'esprit ; mais toute sa première hardiesse avait disparu.

– Que Dieu me soit en aide ! dit-il après une petite pause, – je vous dirai tout ce que je sais sur cette affaire ; mais je n'espère pas que vous en croyiez la moitié, – je serais vraiment sot, si je l'espérais ! Cependant, je suis innocent, et je dirai tout ce que j'ai sur le cœur, quand même il m'en coûterait la vie.

Voici en substance ce qu'il nous raconta : il avait fait dernièrement un voyage dans l'archipel indien. Une bande de matelots, dont il faisait partie, débarqua à Bornéo et pénétra dans l'intérieur pour y faire une excursion d'amateurs. Lui et un de ses camarades avaient pris l'orang-outang. Ce camarade mourut, et l'animal devint donc sa propriété exclusive, à lui. Après bien des embarras causés par l'indomptable férocité du captif pendant la traversée, il réussit à la longue à le loger sûrement dans sa propre demeure à Paris et, pour ne pas attirer sur lui-même l'insupportable curiosité des voisins, il avait soigneusement enfermé l'animal, jusqu'à ce qu'il l'eût guéri d'une blessure au pied qu'il s'était faite à bord avec une esquille. Son projet, finalement, était de le vendre.

Comme il revenait, une nuit, ou plutôt un matin, – le matin du meurtre, – d'une petite orgie de matelots, il trouva la bête installée dans sa chambre à coucher ; elle s'était échappée du cabinet voisin, où il la croyait solidement enfermée. Un rasoir à la main et toute barbouillée de savon, elle était assise devant un miroir, et essayait de se raser, comme sans doute elle l'avait vu faire à son maître en l'épiant par le trou de la serrure. Terrifié en voyant une arme si dangereuse dans les mains d'un animal aussi féroce, parfaitement capable de s'en servir, l'homme, pendant quelques instants, n'avait su quel parti prendre. D'habitude, il avait dompté l'animal, même dans ses accès les plus furieux, par les coups de fouet, et il voulut y recourir cette fois encore. Mais, en voyant le fouet, l'orang-outang bondit à travers la porte de la chambre, dégringola par les escaliers, et, profitant d'une fenêtre ouverte par malheur, il se jeta dans la rue.

Le Français, désespéré, poursuivit le singe ; celui-ci, tenant toujours son rasoir d'une main, s'arrêtait de temps en temps, se retournait, et faisait des grimaces à l'homme qui le poursuivait, jusqu'à ce qu'il se vît près d'être atteint, puis il reprenait sa course. Cette chasse dura ainsi un bout de temps. Les rues étaient profondément tranquilles, et il pouvait être trois heures du matin. En traversant un passage derrière la rue Morgue, l'attention du fugitif fut attirée par une lumière qui partait de la fenêtre de madame l'Espanaye, au quatrième étage de sa maison. Il se précipita vers le mur, il aperçut la chaîne du paratonnerre, y grimpa avec une inconcevable agilité, saisit le volet, qui était complètement rabattu contre le mur, et, en s'appuyant dessus, il s'élança droit sur le chevet du lit.

Toute cette gymnastique ne dura pas une minute. Le volet avait été repoussé contre le mur par le bond que l'orang-outang avait fait en se jetant dans la chambre.

Cependant, le matelot était à la fois joyeux et inquiet.

Il avait donc bonne espérance de ressaisir l'animal, qui pouvait difficilement s'échapper de la trappe où il s'était aventuré, et d'où on pouvait lui barrer la fuite. D'un autre côté, il y avait lieu d'être fort inquiet de ce qu'il pouvait faire dans la maison. Cette dernière réflexion incita l'homme à se remettre à la poursuite de son fugitif. Il n'est pas difficile pour un marin de grimper à une chaîne de paratonnerre ; mais, quand il fut arrivé à la hauteur de la fenêtre, située assez loin sur sa gauche, il se trouva fort empêché ; tout ce qu'il put faire de mieux fut de se dresser de manière à jeter un coup d'œil dans l'intérieur de la chambre. Mais ce qu'il vit lui fit presque lâcher prise dans l'excès de sa terreur. C'était alors que s'élevaient les horribles cris qui, à travers le silence de la nuit, réveillèrent en sursaut les habitants de la rue Morgue.

Madame l'Espanaye et sa fille, vêtues de leurs toilettes de nuit, étaient sans doute occupées à ranger quelques papiers dans le coffret de fer dont il a été fait mention, et qui avait été traîné au milieu de la chambre. Il était ouvert, et tout son contenu était éparpillé sur le parquet. Les victimes avaient sans doute le dos tourné à la fenêtre ; à en juger par le temps qui s'écoula entre l'invasion de la bête et les premiers cris, il est probable qu'elles ne l'aperçurent pas tout de suite. Le claquement du volet a pu être vraisemblablement attribué au vent.

Quand le matelot regarda dans la chambre, le terrible animal avait empoigné madame l'Espanaye par ses cheveux qui étaient épars et qu'elle peignait, et il agitait le rasoir autour de sa figure, en imitant les gestes d'un barbier. La fille était par terre, immobile ; elle s'était évanouie. Les cris et les efforts de la vieille dame, pendant lesquels les cheveux lui furent arrachés de la tête, eurent pour effet de changer en fureur les dispositions probablement pacifiques de l'orang-outang. D'un coup rapide de son bras musculeux, il sépara presque la tête du corps. La vue du sang transforma sa fureur en frénésie. Il grinçait des dents, il lançait du feu par les yeux. Il se jeta sur le corps de la jeune personne, il lui ensevelit ses griffes dans la gorge, et les y laissa jusqu'à ce qu'elle fût morte. Ses yeux égarés et sauvages tombèrent en ce moment sur le chevet du lit, au-dessus duquel il put apercevoir la face de son maître, paralysée par l'horreur.

La furie de la bête, qui sans aucun doute se souvenait du terrible fouet, se changea immédiatement en frayeur. Sachant bien qu'elle avait mérité un châtiment, elle semblait vouloir cacher les traces sanglantes de son action, et bondissait à travers la chambre dans un accès d'agitation nerveuse, bousculant et brisant les meubles à chacun de ses mouvements, et arrachant les matelas du lit. Finalement, elle s'empara du corps de la fille, et le poussa dans la cheminée, dans la posture où elle fut trouvée, puis de celui de la vieille dame qu'elle précipita la tête la première à travers la fenêtre.

Comme le singe s'approchait de la fenêtre avec son fardeau tout mutilé, le matelot épouvanté se baissa, et, se laissant couler le long de la chaîne sans précautions, il s'enfuit tout d'un trait jusque chez lui, redoutant les conséquences de cette atroce boucherie, et, dans sa terreur, abandonnant volontiers tout souci de la destinée de son orang-outang. Les voix entendues par les gens de l'escalier étaient ses exclamations d'horreur et d'effroi mêlées aux glapissements diaboliques de la bête.

Je n'ai presque rien à ajouter. L'orang-outang s'était sans doute échappé de la chambre par la chaîne du paratonnerre, juste avant que la porte fût enfoncée. En passant par la fenêtre, il l'avait évidemment refermée. Il fut rattrapé plus tard par le propriétaire lui-même, qui le vendit pour un bon prix au Jardin des Plantes.

Lebon fut immédiatement relâché, après que nous eûmes raconté toutes les circonstances de l'affaire, assaisonnées de quelques commentaires de Dupin, dans le cabinet même du préfet de police. Ce fonctionnaire, quelque bien disposé qu'il fût envers mon ami, ne pouvait pas absolument déguiser sa mauvaise humeur en voyant l'affaire prendre cette tournure, et se laissa aller à un ou deux sarcasmes sur la manie des personnes qui se mêlaient de ses fonctions.

– Laissez-le parler, dit Dupin, qui n'avait pas jugé à propos de répliquer. Laissez-le jaser, cela allégera sa conscience. Je suis content de l'avoir battu sur son propre terrain. Néanmoins, qu'il n'ait pas pu débrouiller ce mystère, il n'y a nullement lieu de s'en étonner, et cela est moins singulier qu'il ne le croit ; car, en vérité, notre ami le préfet est un peu trop fin pour être profond. Sa science n'a pas de base. Elle est toute en tête et n'a pas de corps, comme les portraits de la déesse Laverna, – ou, si vous aimez mieux, toute en tête et en épaules, comme une morue. Mais, après tout, c'est un brave homme. Je l'adore particulièrement pour un merveilleux genre de *cant* auquel il doit sa réputation de génie. Je veux parler de sa manie *de nier ce qui est, et d'expliquer ce qui n'est pas.*

LE MYSTÈRE DE MARIE ROGET [1]

POUR FAIRE SUITE AU

DOUBLE ASSASSINAT
DANS LA RUE MORGUE

> Il y a des séries idéales d'événements qui
> courent parallèlement avec les réelles. Les
> hommes et les circonstances, en général,
> modifient le train idéal des événements, en
> sorte qu'il semble imparfait ; et leurs consé-
> quences aussi sont également imparfaites.
> C'est ainsi qu'il en fut de la Réformation ; au
> lieu du protestantisme est arrivé le luthéra-
> nisme.
>
> NOVALIS.

1. Lors de la publication originale de *Marie Roget,* les notes placées au
bas des pages avaient été considérées comme superflues. Mais plusieurs
années se sont écoulées depuis le drame sur lequel ce conte est basé, et il
nous a paru bon de les ajouter ici, avec quelques mots d'explication relativement au dessein général. Une jeune fille, Mary Cecilia Rogers, fut
assassinée dans les environs de New York ; et, bien que sa mort eût excité
un intérêt intense et persistant, le mystère dont elle était enveloppée
n'était pas encore résolu à l'époque où ce morceau fut écrit et publié
(novembre 1842). Ici, sous le prétexte de raconter la destinée d'une grisette parisienne, l'auteur a tracé minutieusement les faits essentiels, en
même temps que ceux non essentiels et simplement parallèles, du
meurtre réel de Mary Rogers. Ainsi tout argument fondé sur la fiction est
applicable à la vérité ; et la recherche de la vérité est le but.

Le Mystère de Marie Roget fut composé loin du théâtre du crime, et
sans autres moyens d'investigation que les journaux que l'auteur put se
procurer. Ainsi fut-il privé de beaucoup de documents dont il aurait profité s'il avait été dans le pays et s'il avait inspecté les localités. Il n'est pas
inutile de rappeler, toutefois, que les aveux de *deux* personnes (dont l'une
est la madame Deluc du roman), faits à différentes époques et longtemps

Il y a peu de personnes, même parmi les penseurs les plus calmes, qui n'aient été quelquefois envahies par une vague mais saisissante demi-croyance au surnaturel, en face de certaines *coïncidences* d'un caractère en apparence si merveilleux, que l'esprit se sentait incapable de les admettre comme pures coïncidences. De pareils sentiments (car les demi-croyances dont je parle n'ont jamais la parfaite énergie de la *pensée*), de pareils sentiments ne peuvent être que difficilement comprimés, à moins qu'on n'en réfère à la science de la chance, ou, selon l'appellation technique, au calcul des probabilités. Or, ce calcul est, dans son essence, purement mathématique ; et nous avons ainsi l'anomalie de la science la plus rigoureusement exacte appliquée à l'ombre et à la spiritualité de ce qu'il y a de plus impalpable dans le monde de la spéculation.

Les détails extraordinaires que je suis invité à publier forment, comme on le verra, quant à la succession des époques, la première branche d'une série de *coïncidences* à peine imaginables, dont tous les lecteurs retrouveront la branche secondaire ou finale dans l'assassinat récent de Mary Cecilia Rogers, à New York.

Lorsque, dans un article intitulé *Double assassinat dans la rue Morgue*, je m'appliquai, il y a un an à peu près, à dépeindre quelques traits saillants du caractère spirituel de mon ami le chevalier C. Auguste Dupin, il ne me vint pas à l'idée que j'aurais jamais à reprendre le même sujet. Je n'avais pas d'autre but que la peinture de ce caractère, et ce but se trouvait parfaitement atteint à travers la série bizarre de circonstances faites pour mettre en lumière l'idiosyncrasie de Dupin. J'aurais pu ajouter d'autres exemples, mais je n'aurais rien prouvé de plus. Toutefois, des événements récents ont, dans leur surprenante évolution, éveillé brusquement dans ma mémoire quelques détails de surcroît, qui garderont ainsi, je présume, quelque air d'une confession arrachée. Après avoir appris tout ce qui ne m'a été raconté que récemment, il serait vraiment étrange que je gardasse le silence sur ce que j'ai entendu et vu il y a déjà longtemps.

Après la conclusion de la tragédie impliquée dans la mort de madame l'Espanaye et de sa fille, le chevalier Dupin congé-

après cette publication, ont pleinement confirmé, non seulement la conclusion générale, mais aussi *tous* les principaux détails hypothétiques sur lesquels cette conclusion avait été basée. – E.A.P.

dia l'affaire de son esprit, et retomba dans ses vieilles habitudes de sombre rêverie. Très porté, en tout temps, vers l'abstraction, son caractère l'y rejeta bien vite ; et, continuant à occuper notre appartement dans le faubourg Saint-Germain, nous abandonnâmes aux vents tout souci de l'avenir, et nous nous assoupîmes tranquillement dans le présent, brodant de nos rêves la trame fastidieuse du monde environnant.

Mais ces rêves ne furent pas sans interruption. On devine facilement que le rôle joué par mon ami dans le drame de la rue Morgue n'avait pas manqué de faire impression sur l'esprit de la police parisienne. Parmi ses agents, le nom de Dupin était devenu un mot familier. Le caractère simple des inductions par lesquelles il avait débrouillé le mystère n'ayant jamais été expliqué au préfet, ni à aucun individu, moi excepté, il n'est pas surprenant que l'affaire ait été regardée comme approchant du miracle, ou que les facultés analytiques du chevalier lui aient acquis le crédit merveilleux de l'intuition. Sa franchise l'aurait sans doute poussé à désabuser tout questionneur d'une pareille erreur ; mais son indolence fut cause qu'un sujet dont l'intérêt avait cessé pour lui depuis longtemps ne fut pas agité de nouveau. Il arriva ainsi que Dupin devint le fanal vers lequel se tournèrent les yeux de la police, et en mainte circonstance, des efforts furent faits auprès de lui par la Préfecture pour s'attacher ses talents. L'un des cas les plus remarquables fut l'assassinat d'une jeune fille nommée Marie Roget.

Cet événement eut lieu deux ans environ après l'horreur de la rue Morgue. Marie, dont le nom de baptême et le nom de famille frapperont sans doute l'attention par leur ressemblance avec ceux d'une jeune et infortunée marchande de cigares, était la fille unique de la veuve Estelle Roget. Le père était mort pendant l'enfance de la fille, et, depuis l'époque de son décès jusqu'à dix-huit mois avant l'assassinat qui fait le sujet de notre récit, la mère et la fille avaient toujours demeuré ensemble dans la rue Pavée-Saint-André [1], madame Roget y tenant une pension bourgeoise, avec l'aide de Marie. Les choses allèrent ainsi jusqu'à ce que celle-ci eût atteint sa vingt-deuxième année, quand sa grande beauté attira l'attention d'un parfumeur qui occupait l'une des boutiques du rez-de-chaussée du Palais-Royal, et dont la clientèle était surtout faite

1. Nassau-Street. – E.A.P.

48

des hardis aventuriers qui infestent le voisinage. M. Le Blanc [1] se doutait bien des avantages qu'il pourrait tirer de la présence de la belle Marie dans son établissement de parfumerie ; et ses propositions furent acceptées vivement par la jeune fille, bien qu'elles soulevassent chez madame Roget quelque chose de plus que de l'hésitation.

Les espérances du boutiquier se réalisèrent, et les charmes de la brillante grisette donnèrent bientôt la vogue à ses salons. Elle tenait son emploi depuis un an environ, quand ses admirateurs furent jetés dans la désolation par sa disparition soudaine de la boutique. M. Le Blanc fut dans l'impossibilité de rendre compte de son absence, et madame Roget devint folle d'inquiétude et de terreur. Les journaux s'emparèrent immédiatement de la question, et la police était sur le point de faire une investigation sérieuse, quand un beau matin, après l'espace d'une semaine, Marie, en bonne santé, mais avec un air légèrement attristé, reparut, comme d'habitude, à son comptoir de parfumerie. Toute enquête, excepté celle d'un caractère privé, fut immédiatement arrêtée. M. Le Blanc professait une parfaite ignorance, comme précédemment. Marie et madame Roget répondirent à toutes les questions qu'elles avaient passé la dernière semaine dans la maison d'un parent, à la campagne. Ainsi l'affaire tomba, et fut généralement oubliée ; car la jeune fille, dans le but ostensible de se soustraire à l'impertinence de la curiosité, fit bientôt un adieu définitif au parfumeur, et alla chercher un abri dans la résidence de sa mère, rue Pavée-Saint-André.

Il y avait à peu près cinq mois qu'elle était rentrée à la maison, lorsque ses amis furent alarmés par une soudaine et nouvelle disparition. Trois jours s'écoulèrent sans qu'on entendît parler d'elle. Le quatrième jour, on découvrit son corps flottant sur la Seine [2], près de la berge qui fait face au quartier de la rue Saint-André, à un endroit peu distant des environs peu fréquentés de la barrière du Roule [3].

L'atrocité du meurtre (car il fut tout d'abord évident qu'un meurtre avait été commis), la jeunesse et la beauté de la victime, et, par-dessus tout, sa notoriété antérieure, tout conspirait pour produire une intense excitation dans les esprits des

1. Anderson. – E.A.P.
2. L'Hudson. – E.A.P.
3. Weehawken. – E.A.P.

sensibles Parisiens. Je ne me souviens pas d'un cas semblable ayant produit un effet aussi vif et aussi général. Pendant quelques semaines, les graves questions politiques du jour furent elles-mêmes noyées dans la discussion de cet unique et absorbant sujet. Le préfet fit des efforts inaccoutumés; et toutes les forces de la police parisienne furent, jusqu'à leur maximum, mises en réquisition.

Quand le cadavre fut découvert, on était bien loin de supposer que le meurtrier pût échapper, plus d'un temps très bref, aux recherches qui furent immédiatement ordonnées. Ce ne fut qu'à l'expiration d'une semaine qu'on jugea nécessaire d'offrir une récompense; et même cette récompense fut limitée alors à la somme de mille francs. Toutefois, l'investigation continuait avec vigueur, sinon avec discernement, et de nombreux individus furent interrogés, mais sans résultat; cependant, l'absence totale de fil conducteur dans ce mystère ne faisait qu'accroître l'excitation populaire. À la fin du dixième jour, on pensa qu'il était opportun de doubler la somme primitivement proposée; et peu à peu, la seconde semaine s'étant écoulée sans amener aucune découverte, et les préventions que Paris a toujours nourries contre la police s'étant exhalées en plusieurs émeutes sérieuses, le préfet prit sur lui d'offrir la somme de vingt mille francs «pour dénonciation de l'assassin», ou, si plusieurs personnes se trouvaient impliquées dans l'affaire, «pour la dénonciation de chacun des assassins [1]». Dans la proclamation qui annonçait cette récompense, une pleine amnistie était promise à tout complice qui déposerait spontanément contre son complice; et à la déclaration officielle, partout où elle était affichée, s'ajoutait un placard privé, émanant d'un comité de citoyens, qui offrait dix mille francs, en plus de la somme proposée par la Préfecture. La récompense entière ne montait pas à moins de trente mille francs; ce qui peut être regardé comme une somme extraordinaire, si l'on considère l'humble condition de la petite et la fréquence, dans les grandes villes, des atrocités telles que celles en question.

1. Aux amateurs de la stricte vérité locale, je ferai observer, relativement à ce passage et à d'autres qui suivent, ainsi qu'à plusieurs du *Double assassinat dans la rue Morgue*, que l'auteur raconte les choses à l'américaine, et que l'aventure n'est que très superficiellement déguisée; mais que des mœurs parisiennes imaginaires n'infirment pas la valeur de l'analyse, pas plus qu'un plan de Paris imaginaire. – C.B.

Personne ne doutait maintenant que le mystère de cet assassinat ne fût immédiatement élucidé. Mais, quoique, dans un ou deux cas, des arrestations eussent eu lieu qui semblaient promettre un éclaircissement, on ne put rien découvrir qui incriminât les personnes suspectées, et elles furent aussitôt relâchées. Si bizarre que cela puisse paraître, trois semaines s'étaient écoulées depuis la découverte du cadavre, trois semaines écoulées sans jeter aucune lumière sur la question, et cependant la plus faible rumeur des événements qui agitaient si violemment l'esprit public n'était pas encore arrivée à nos oreilles. Dupin et moi, voués à des recherches qui avaient absorbé toute notre attention depuis près d'un mois, nous n'avions, ni l'un ni l'autre, mis le pied dehors ; nous n'avions reçu aucune visite, et à peine avions-nous jeté un coup d'œil sur les principaux articles politiques d'un des journaux quotidiens. La première nouvelle du meurtre nous fut apportée par G... en personne [1]. Il vint nous voir le 13 juillet 18..., au commencement de l'après-midi, et resta avec nous assez tard après la nuit tombée. Il était vivement blessé de l'insuccès de ses efforts pour dépister les assassins. Sa réputation, disait-il avec un air essentiellement parisien, était en jeu ; son honneur même, engagé dans la partie. L'œil du public, d'ailleurs, était fixé sur lui, et il n'était pas de sacrifice qu'il ne fût vraiment disposé à faire pour l'éclaircissement de ce mystère. Il termina son discours, passablement drôle, par un compliment relatif à ce qu'il lui plut d'appeler le *tact* de Dupin, et fit à celui-ci une proposition directe, certainement fort généreuse, dont je n'ai pas le droit de révéler ici la valeur précise, mais qui n'a pas de rapport avec l'objet propre de mon récit.

Mon ami repoussa le compliment du mieux qu'il put, mais il accepta tout de suite la proposition, bien que les avantages en fussent absolument conditionnels. Ce point étant établi, le préfet se répandit tout d'abord en explications de ses propres idées, les entremêlant de longs commentaires sur les dépositions, desquelles nous n'étions pas encore en possession. Il discourait longuement, et même, sans aucun doute, doctement, lorsque je hasardai à l'aventure une observation sur la nuit qui s'avançait et amenait le sommeil. Dupin, fermement

1. Voir *Double assassinat dans la rue Morgue* et *la Lettre volée*. Il est évident que Poe a pensé à M. Gisquet, qui d'ailleurs ne se serait guère reconnu dans le personnage G... – C. B.

assis dans son fauteuil accoutumé, était l'incarnation de l'attention respectueuse. Il avait gardé ses lunettes durant toute l'entrevue ; et, en jetant de temps à autre un coup d'œil sous leurs vitres vertes, je m'étais convaincu que, pour silencieux qu'il eût été, son sommeil n'en avait pas été moins profond pendant les sept ou huit dernières lourdes heures qui précédèrent le départ du préfet.

Dans la matinée suivante, je me procurai, à la Préfecture, un rapport complet de toutes les dépositions obtenues jusqu'alors, et, à différents bureaux de journaux, un exemplaire de chacun des numéros dans lesquels, depuis l'origine jusqu'au dernier moment, avait paru un document quelconque, intéressant, relatif à cette triste affaire. Débarrassée de ce qui était positivement marqué de fausseté, cette masse de renseignements se réduisait à ceci :

Marie Roget avait quitté la maison de sa mère, rue Pavée-Saint-André, le dimanche 22 juin 18..., à neuf heures du matin environ. En sortant, elle avait fait part à M. Jacques Saint-Eustache [1], et à lui seul, de son intention de passer la journée chez une tante, à elle, qui demeurait rue des Drômes. La rue des Drômes est un passage court et étroit, mais très populeux, qui n'est pas loin des bords de la rivière et qui est situé à une distance de deux milles, dans la ligne supposée directe, de la pension bourgeoise de madame Roget. Saint-Eustache était le prétendant avoué de Marie, et logeait dans ladite pension, où il prenait également ses repas. Il devait aller chercher sa fiancée à la brune et la ramener à la maison. Mais, dans l'après-midi, il survint une grosse pluie ; et, supposant qu'elle resterait toute la nuit chez sa tante (comme elle avait fait dans des circonstances semblables), il ne jugea pas nécessaire de tenir sa promesse. Comme la nuit s'avançait, on entendit madame Roget (qui était vieille et infirme) exprimer la crainte «de ne plus jamais revoir Marie» ; mais dans le moment, on attacha peu d'attention à ce propos.

Le lundi, il fut vérifié que la jeune fille n'était pas allée à la rue des Drômes ; et, quand le jour se fut écoulé sans apporter de ses nouvelles, une recherche tardive fut organisée sur différents points de la ville et des environs. Ce ne fut cependant que le quatrième jour depuis l'époque de sa disparition qu'on

1. Payne. – E.A.P.

apprit enfin quelque chose d'important la concernant. Ce jour-là (mercredi 25 juin), un M. Beauvais [1], qui, avec un ami, cherchait les traces de Marie près de la barrière du Roule, sur la rive de la Seine opposée à la rue Pavée-Saint-André, fut informé qu'un corps venait d'être ramené au rivage par quelques pêcheurs, qui l'avaient trouvé flottant sur le fleuve. En voyant le corps, Beauvais, après quelque hésitation, certifia que c'était celui de la jeune parfumeuse. Son ami le reconnut plus promptement.

Le visage était arrosé de sang noir, qui jaillissait en partie de la bouche. Il n'y avait pas d'écume, comme on en voit dans le cas des personnes simplement noyées. Pas de décoloration dans le tissu cellulaire. Autour de la gorge se montraient des meurtrissures et des impressions de doigts. Les bras étaient repliés sur la poitrine et roidis. La main droite crispée, la gauche à moitié ouverte. Le poignet gauche était marqué de deux excoriations circulaires, provenant apparemment de cordes ou d'une corde ayant fait plus d'un tour. Une partie du poignet droit était aussi très éraillée, ainsi que le dos dans toute son étendue, mais particulièrement aux omoplates. Pour amener le corps sur le rivage, les pêcheurs l'avaient attaché à une corde ; mais ce n'était pas là ce qui avait produit les excoriations en question. La chair du cou était très enflée. Il n'y avait pas de coupures apparentes ni de meurtrissures semblant le résultat de coups. On découvrit un morceau de lacet si étroitement serré autour du cou qu'on ne pouvait d'abord l'apercevoir ; il était complètement enfoui dans la chair, et assujetti par un nœud caché juste sous l'oreille gauche. Cela seul aurait suffi pour produire la mort. Le rapport des médecins garantissait fermement le caractère vertueux de la défunte. Elle avait été vaincue, disaient-ils, par la force brutale. Le cadavre de Marie, quand il fut trouvé, était dans une condition telle qu'il ne pouvait y avoir, de la part de ses amis, aucune difficulté à le reconnaître.

La toilette était déchirée et d'ailleurs en grand désordre. Dans le vêtement extérieur, une bande, large d'environ un pied, avait été déchirée de bas en haut, depuis l'ourlet jusqu'à la taille, mais non arrachée. Elle était roulée trois fois autour de la taille et assujettie dans le dos par une sorte de nœud très

1. Crommelin. – E.A.P.

53

solidement fait. Le vêtement, immédiatement au-dessous de la robe, était de mousseline fine et on en avait arraché une bande large de dix-huit pouces, arraché complètement, mais très régulièrement et avec une grande netteté. On trouva cette bande autour du cou, adaptée d'une manière lâche et assujettie avec un nœud serré. Par-dessus cette bande de mousseline et le morceau de lacet, étaient attachées les brides d'un chapeau, avec le chapeau pendant. Le nœud qui liait les brides n'était pas un nœud comme le font les femmes, mais un nœud coulant, à la manière des matelots.

Le corps, après qu'il fut reconnu, ne fut pas, comme c'est l'usage, transporté à la Morgue (cette formalité étant maintenant superflue), mais enterré à la hâte non loin de l'endroit du rivage où il avait été recueilli. Grâce aux efforts de Beauvais, l'affaire fut soigneusement assoupie, autant du moins qu'il fut possible ; et quelques jours s'écoulèrent avant qu'il en résultât aucune émotion publique. À la fin, cependant, un journal hebdomadaire [1] ramassa la question ; le cadavre fut exhumé, et une enquête nouvelle ordonnée : mais il n'en résulta rien de plus que ce qui avait déjà été observé. Toutefois, les vêtements furent alors présentés à la mère et aux amis de la défunte, qui les reconnurent parfaitement pour ceux portés par la jeune fille quand elle avait quitté la maison.

Cependant, l'excitation publique croissait d'heure en heure. Plusieurs individus furent arrêtés et relâchés. Saint-Eustache en particulier parut suspect, et il ne sut pas d'abord donner un compte rendu intelligible de l'emploi qu'il avait fait du dimanche, dans la matinée duquel Marie avait quitté la maison. Plus tard cependant, il présenta à M. G... des *affidavit* qui expliquaient d'une manière satisfaisante l'usage qu'il avait fait de chaque heure de la journée en question. Comme le temps s'écoulait sans amener aucune découverte, mille rumeurs contradictoires furent mises en circulation, et les journalistes purent lâcher la bride à leurs *inspirations*. Parmi toutes ces hypothèses, une attira particulièrement l'attention ; ce fut celle qui admettait que Marie Roget était encore vivante, et que le cadavre découvert dans la Seine était celui de quelque autre infortunée. Il me paraît utile de soumettre au lecteur quelques-uns des passages relatifs à cette insinuation. Ces

---

1. *The New York Mercury.* – E.A.P.

passages sont tirés textuellement de *l'Étoile* [1], journal dirigé généralement avec une grande habileté.

« Mademoiselle Roget est sortie de la maison de sa mère dimanche matin, 22 juin 18..., avec l'intention exprimée d'aller voir sa tante, ou quelque autre parent, rue des Drômes. Depuis cette heure-là, on ne trouve personne qui l'ait vue. On n'a d'elle aucune trace, aucune nouvelle. ....

« Aucune personne quelconque ne s'est présentée déclarant l'avoir vue ce jour-là, après qu'elle eut quitté le seuil de la maison de sa mère. ....

« Or, quoique nous n'ayons aucune preuve indiquant que Marie Roget était encore de ce monde, dimanche 22 juin, après neuf heures, nous avons la preuve que jusqu'à cette heure elle était vivante. Mercredi, à midi, un corps de femme a été découvert flottant sur la rive de la barrière du Roule. Même en supposant que Marie Roget ait été jetée dans la rivière trois heures après qu'elle est sortie de la maison de sa mère, cela ne ferait que trois jours écoulés depuis l'instant de son départ, – trois jours tout juste. Mais il est absurde d'imaginer que le meurtre, si toutefois elle a été victime d'un meurtre, ait pu être consommé assez rapidement pour permettre aux meurtriers de jeter le corps à la rivière avant le milieu de la nuit. Ceux qui se rendent coupables de si horribles crimes préfèrent les ténèbres à la lumière.

« Ainsi, nous voyons que, si le corps trouvé dans la rivière était celui de Marie Roget, il n'aurait pas pu rester dans l'eau plus de deux jours et demi, ou trois au maximum. L'expérience prouve que les corps noyés, ou jetés à l'eau immédiatement après une mort violente, ont besoin d'un temps comme de six à dix jours pour qu'une décomposition suffisante les ramène à la surface des eaux. Un cadavre sur lequel on tire le canon, et qui s'élève avant que l'immersion ait duré au moins cinq ou six jours, ne manque pas de replonger, si on l'abandonne à lui-même. Maintenant, nous le demandons, qu'est-ce qui a pu, dans le cas présent, déranger le cours ordinaire de la nature ? ....

« Si le corps, dans son état endommagé, avait été gardé sur le rivage jusqu'à mardi soir, on trouverait sur ce rivage quelque trace des meurtriers. Il est aussi fort douteux que le corps ait pu revenir si tôt à la surface, même en admettant

1. *The New York Brother Jonathan*, édité par H. Hastings Weld, Esquire. – E.A.P.

qu'il ait été jeté à l'eau deux jours après sa mort. Et enfin, il est excessivement improbable que les malfaiteurs, qui ont commis un meurtre tel que celui qui est supposé, aient jeté le corps à l'eau sans un poids pour l'entraîner, quand il était si facile de prendre cette précaution. »

L'éditeur du journal s'applique ensuite à démontrer que le corps doit être resté dans l'eau *non pas simplement trois jours, mais au moins cinq fois trois jours,* parce qu'il était si décomposé, que Beauvais a eu beaucoup de peine à le reconnaître. Ce dernier point, toutefois, était complètement faux. Je continue la citation :

« Quels sont donc les faits sur lesquels M. Beauvais s'appuie pour dire qu'il ne doute pas que le corps soit celui de Marie Roget ? Il a déchiré la manche de la robe et a trouvé, dit-il, des marques qui lui ont prouvé l'identité. Le public a supposé généralement que ces marques devaient consister en une espèce de cicatrice. Il a passé sa main sur le bras, et y a trouvé du *poil,* – quelque chose, ce nous semble, d'aussi peu particulier qu'on puisse se le figurer, d'aussi peu concluant que de trouver un bras dans une manche. M. Beauvais n'est pas rentré à la maison cette nuit-là, mais il a envoyé un mot à madame Roget, à sept heures, mercredi soir, pour lui dire que l'enquête, relative à sa fille, marchait toujours. Même en admettant que madame Roget, à cause de son âge et de sa douleur, fût incapable de se rendre sur les lieux (ce qui, en vérité, est accorder beaucoup), à coup sûr, il se serait trouvé quelqu'un qui aurait jugé que cela valait bien la peine d'y aller et de suivre l'investigation, si toutefois ils avaient pensé que c'était bien le corps de Marie. Personne n'est venu. On n'a rien dit ni rien entendu dire de la chose, dans la rue Pavée-Saint-André, qui soit parvenu même aux locataires de ladite maison. M. Saint-Eustache, l'amoureux et le futur de Marie, qui avait pris pension chez sa mère, dépose qu'il n'a entendu parler de la découverte du corps de sa promise que le matin suivant, quand M. Beauvais lui-même est entré dans sa chambre et lui en a parlé. Qu'une nouvelle aussi capitale que celle-là ait été reçue si tranquillement, il y a de quoi nous étonner. »

Le journal s'efforce ainsi de suggérer l'idée d'une certaine apathie dans les parents et les amis de Marie, laquelle apathie serait absurde si l'on suppose qu'ils crussent que le corps trouvé était vraiment le sien. *L'Étoile* cherche, en somme, à insinuer que Marie, avec la connivence de ses amis, s'est absentée de la ville pour des raisons qui compromettent sa vertu ; et que ces mêmes amis, ayant découvert sur la Seine un corps ressemblant à celui de la jeune fille, ont profité de l'occasion pour répandre dans le public la nouvelle de sa mort. Mais *l'Étoile* y a mis beaucoup trop de précipitation. Il a été clairement prouvé qu'aucune apathie de ce genre n'a existé ; que la vieille dame était excessivement faible, et si agitée, qu'il lui eût été impossible de s'occuper de quoi que ce soit ; que Saint-Eustache, bien loin de recevoir la nouvelle froidement, était devenu fou de douleur et avait donné de tels signes de frénésie, que M. Beauvais avait cru devoir charger un de ses amis et parents de le surveiller et de l'empêcher d'assister à l'examen qui devait suivre l'exhumation. En outre, bien que *l'Étoile* affirme que le corps a été réenterré aux frais de l'État, – qu'une offre avantageuse de sépulture particulière a été absolument repoussée par la famille – et qu'aucun membre de la famille n'assistait à la cérémonie, – bien que *l'Étoile*, dis-je, affirme tout cela pour corroborer l'impression qu'elle cherche à produire – *tout cela* a été victorieusement réfuté. Dans un des numéros suivants du même journal, on fit un effort pour jeter des soupçons sur Beauvais lui-même. L'éditeur dit :

« Un changement vient de s'opérer dans la question. On nous raconte que, dans une certaine occasion, pendant qu'une dame B. était chez madame Roget, M. Beauvais, qui sortait, lui dit qu'un gendarme allait venir, et qu'elle, madame B., eût soin de ne rien dire au gendarme jusqu'à ce qu'il fût de retour et qu'elle lui laissât, à lui, tout le soin de l'affaire. ....

« Dans la situation présente, il semble que M. Beauvais porte tout le secret de la question, enfermé dans sa tête. Il est impossible d'avancer d'un pas sans M. Beauvais ; de quelque côté que vous tourniez, vous vous heurtez à lui. ....

« Pour une raison quelconque, il a décidé que personne, excepté lui, ne pourrait se mêler de l'enquête, et il a jeté les parents à l'écart d'une manière fort incongrue, s'il faut en croire leurs récriminations. Il a paru très préoccupé de l'idée d'empêcher les parents de voir le cadavre. »

Le fait qui suit sembla donner quelque couleur de vraisemblance aux soupçons portés sur Beauvais. Quelqu'un qui était venu lui rendre visite à son bureau, quelques jours avant la disparition de la jeune fille et pendant l'absence dudit Beauvais, avait observé une rose plantée dans le trou de la serrure, et le mot *Marie* écrit sur une ardoise fixée à la portée de la main.

L'impression générale, autant du moins qu'il nous fut possible de l'extraire des papiers publics, était que Marie avait été la victime d'une bande de misérables furieux, qui l'avaient transportée sur la rivière, maltraitée et assassinée. Cependant, une feuille d'une vaste influence, *le Commercial* [1], combattit très vivement cette idée populaire. J'extrais un ou deux passages de ses colonnes :

« Nous sommes persuadés que l'enquête a jusqu'à présent suivi une fausse piste, tant du moins qu'elle a été dirigée vers la barrière du Roule. Il est impossible qu'une jeune femme, connue, comme était Marie, de plusieurs milliers de personnes, ait pu passer trois bornes sans rencontrer quelqu'un à qui son visage fût familier ; et quiconque l'aurait vue s'en serait souvenu, car elle inspirait de l'intérêt à tous ceux qui la connaissaient. Elle est sortie juste au moment où les rues sont pleines de monde. ....

« Il est impossible qu'elle soit allée à la barrière du Roule ou à la rue des Drômes sans avoir été reconnue par une douzaine de personnes ; aucune déposition cependant n'affirme qu'on l'ait vue ailleurs que sur le seuil de la maison de sa mère, et il n'y a même aucune preuve qu'elle en soit sortie du tout, excepté le témoignage concernant *l'intention exprimée par elle*. Un morceau de sa robe était déchiré, serré autour d'elle et noué ; c'est ainsi que le corps a pu être porté comme un paquet. Si le meurtre avait été commis à la barrière du Roule, il n'aurait pas été nécessaire de prendre de telles dispositions. Ce fait, que le corps a été trouvé flottant près de la barrière, n'est pas une preuve relativement au lieu d'où il a été jeté dans l'eau. ....

« Un morceau d'un des jupons de l'infortunée jeune fille, long de deux pieds et large d'un pied, avait été arraché, serré autour de son cou et noué derrière sa tête, probablement pour empêcher ses cris. Cela a été fait par des drôles qui n'avaient même pas un mouchoir de poche. »

Un jour ou deux avant que le préfet vînt nous rendre visite, la police avait obtenu un renseignement assez important qui semblait détruire l'argumentation du *Commercial*, au moins dans sa partie principale. Deux petits garçons, fils d'une dame

---

1. *New York Journal of Commerce.* – E.A.P.

Deluc, vagabondant dans les bois, près de la barrière du Roule, avaient pénétré par hasard dans un épais fourré, où se trouvaient trois ou quatre grosses pierres, formant une espèce de siège, avec dossier et tabouret. Sur la pierre supérieure gisait un jupon blanc ; sur la seconde une écharpe de soie. On y trouva aussi une ombrelle, des gants et un mouchoir de poche. Le mouchoir portait le nom *Marie Roget*. Des lambeaux de vêtements furent découverts dans les ronces environnantes. Le sol était piétiné, les buissons étaient enfoncés ; il y avait là toutes les traces d'une lutte. Entre le fourré et la rivière, on découvrit que les palissades étaient abattues, et la terre gardait la trace d'un lourd fardeau qu'on y avait traîné.

Une feuille hebdomadaire, *le Soleil* [1], donnait sur cette découverte les commentaires suivants, commentaires qui n'étaient que l'écho des sentiments de toute la presse parisienne :

« Les objets sont évidemment restés là pendant au moins trois ou quatre semaines ; ils étaient complètement moisis par l'action de la pluie, et collés ensemble par la moisissure. Tout autour, le gazon avait poussé et même les dominait partiellement. La soie de l'ombrelle était solide ; mais les branches étaient fermées et la partie supérieure, là où l'étoffe était double et repliée, étant toute pénétrée de moisissure et pourrie, se déchira aussitôt qu'on l'ouvrit. ....

« Les fragments de vêtements accrochés aux buissons étaient larges de trois pouces environ et longs de six. L'un était un morceau de l'ourlet de la robe, qui avait été raccommodé, l'autre, un morceau du jupon, mais non pas l'ourlet. Ils ressemblaient à des bandes arrachées et étaient suspendus au buisson d'épines, à un pied de terre environ. ....

« Il n'y a donc pas lieu de douter que le théâtre de cet abominable outrage n'ait été enfin découvert. »

Aussitôt après cette découverte, un nouveau témoin parut. Madame Deluc raconta qu'elle tenait une auberge au bord de la route, non loin de la berge de la rivière opposée à la barrière du Roule. Les environs sont solitaires, – très solitaires. C'est là, le dimanche, le rendez-vous ordinaire des mauvais sujets de la ville, qui traversent la rivière en canot. Vers trois heures environ dans l'après-midi du dimanche en question, une jeune fille était arrivée à l'auberge, accompagnée par un

1. *Philadelphia Saturday Evening Post*, édité par C.I. Peterson, Esquire. – E.A.P.

jeune homme au teint brun. Ils y étaient restés tous deux pendant quelque temps. Après leur départ, ils firent route vers quelque bois épais du voisinage. L'attention de madame Deluc fut attirée par la toilette que portait la jeune fille, à cause de sa ressemblance avec celle d'une de ses parentes défunte. Elle remarqua particulièrement une écharpe. Aussitôt après le départ du couple, une bande de *mécréants* parut, qui firent un tapage affreux, burent et mangèrent sans payer, suivirent la même route que le jeune homme et la jeune fille, revinrent à l'auberge à la brune, puis repassèrent la rivière en grande hâte.

Ce fut peu après la tombée de la nuit, dans la même soirée, que madame Deluc, ainsi que son fils aîné, entendit des cris de femme dans le voisinage de l'auberge. Les cris furent violents, mais ne durèrent pas très longtemps. Madame Deluc reconnut non seulement l'écharpe trouvée dans le fourré, mais aussi la robe qui habillait le cadavre. Un conducteur d'omnibus, Valence [1], déposa également alors qu'il avait vu Marie Roget traverser la Seine en bateau, dans ce dimanche en question, en compagnie d'un jeune homme d'une figure brune. Lui, Valence, connaissait Marie et ne pouvait se tromper sur son identité. Les objets trouvés dans le bosquet furent parfaitement reconnus par les parents de Marie.

Cette masse de dépositions et d'informations que je récoltais ainsi dans les journaux, à la demande de Dupin, comprenait encore un point, – mais c'était un point de la plus haute importance. Il paraît qu'immédiatement après la découverte des objets ci-dessus indiqués on trouva, dans le voisinage du lieu que l'on croyait maintenant avoir été le théâtre du crime, le corps inanimé ou presque inanimé de Saint-Eustache, le fiancé de Marie. Une fiole vide portant l'étiquette *laudanum* était auprès de lui. Son haleine accusait le poison. Il mourut sans prononcer une parole. On trouva sur lui une lettre racontant brièvement son amour pour Marie et son dessein arrêté de suicide.

– Je ne crois pas avoir besoin de vous dire, – dit Dupin, comme il achevait la lecture de mes notes, – que c'est là un cas beaucoup plus compliqué que celui de la rue Morgue, duquel il diffère en un point très important. C'est là un exemple de crime atroce, mais *ordinaire*. Nous n'y trouvons

1. Adam. – E.A.P.

rien de particulièrement *outré*. Observez, je vous prie, que c'est la raison pour laquelle le mystère a paru simple ; quoique ce soit justement la même raison qui aurait dû le faire considérer comme plus difficile à résoudre. C'est pourquoi on a d'abord jugé superflu d'offrir une récompense. Les mirmidons de G... étaient assez forts pour comprendre comment et pourquoi une telle atrocité pouvait avoir été commise. Leur imagination pouvait se figurer un mode, – plusieurs modes, – un motif, – plusieurs motifs ; et parce qu'il n'était pas impossible que l'un de ces nombreux modes et motifs fût l'unique réel, ils ont considéré comme démontré que le réel devait être un de ceux-là. Mais l'aisance avec laquelle ils avaient conçu ces idées diverses, et même le caractère plausible dont chacune était revêtue, auraient dû être pris pour les indices de la difficulté plutôt que de la facilité attachée à l'explication de l'énigme. Je vous ai déjà fait observer que c'est par des saillies au-dessus du plan ordinaire des choses que la raison doit trouver sa voie, ou jamais, dans sa recherche de la vérité, et que, dans des cas tels que celui-là, l'important n'est pas tant de se dire : « Quels sont les faits qui se présentent ? » que de se dire : « Quels sont les faits qui se présentent, qui ne se sont jamais présentés auparavant ? » Dans les investigations faites chez madame l'Espanaye [1], les agents de G... furent découragés et confondus par cette *étrangeté* même qui eût été, pour une intelligence bien faite, le plus sûr présage de succès ; et cette même intelligence eût été plongée dans le désespoir par le caractère ordinaire de tous les faits qui s'offrent à l'examen dans le cas de la jeune parfumeuse et qui n'ont encore rien révélé de positif, si ce n'est la présomption des fonctionnaires de la Préfecture.

« Dans le cas de madame l'Espanaye et de sa fille, dès le commencement de notre investigation, il n'y avait pour nous aucun doute qu'un meurtre avait été commis. L'idée de suicide se trouvait tout d'abord exclue. Dans le cas présent, nous avons également à éliminer toute idée de suicide. Le corps trouvé à la barrière du Roule a été trouvé dans des circonstances qui ne nous permettent aucune hésitation sur ce point important. Mais on a insinué que le cadavre trouvé n'est pas celui de la Marie Roget dont l'assassin ou les assassins sont à découvrir, pour la découverte desquels une récompense est

---

1. Voir *Double assassinat dans la rue Morgue*. – E.A.P.

offerte, et qui sont l'unique objet de notre traité avec le préfet. Vous et moi, nous connaissons assez bien ce gentleman. Nous ne devons pas trop nous fier à lui. Soit que, prenant le corps trouvé pour point de départ, et suivant la piste d'un assassin, nous découvrions que ce corps est celui d'une autre personne que Marie ; soit que, prenant pour point de départ la Marie encore vivante, nous la retrouvions non assassinée, – dans les deux cas, nous perdons notre peine, puisque c'est avec M. G... que nous avons affaire. Donc, pour notre propre but, si ce n'est pour le but de la justice, il est indispensable que notre premier pas soit la constatation de l'identité du cadavre avec la Marie Roget disparue.

« Les arguments de *l'Étoile* ont trouvé crédit dans le public ; et le journal lui-même est convaincu de leur importance, ainsi qu'il résulte de la manière dont il commence un de ses articles sur le sujet en question : "Quelques-uns des journaux du matin, – dit-il, – parlent de l'article *concluant* de *l'Étoile* dans son numéro de lundi." Pour moi, cet article ne me paraît guère concluant que relativement au zèle du rédacteur. Nous devons ne pas oublier qu'en général le but de nos feuilles publiques est de créer une sensation, de faire du piquant plutôt que de favoriser la cause de la vérité. Ce dernier but n'est poursuivi que quand il semble coïncider avec le premier. Le journal qui s'accorde avec l'opinion ordinaire (quelque bien fondée que soit d'ailleurs cette opinion) n'obtient pas de crédit parmi la foule. La masse du peuple considère comme profond celui-là seul qui émet des *contradictions piquantes* de l'idée générale. En logique aussi bien qu'en littérature, c'est *l'épigramme* qui est le genre le plus immédiatement et le plus universellement apprécié. Dans les deux cas c'est le genre le plus bas selon l'ordre du mérite.

« Je veux dire que c'est le caractère mêlé d'épigramme et de mélodrame de cette idée – que Marie Roget est encore vivante – qui l'a suggérée à *l'Étoile*, plutôt qu'aucun véritable caractère plausible, et qui lui a assuré un accueil favorable auprès du public. Examinons les points principaux de l'argumentation de ce journal, et prenons bien garde à l'incohérence avec laquelle elle se produit dès le principe.

« L'écrivain vise d'abord à nous prouver, par la brièveté de l'intervalle compris entre la disparition de Marie et la découverte du corps flottant, que ce corps ne peut pas être celui de Marie. Réduire cet intervalle à la dimension la plus petite possible devient tout d'abord chose capitale pour l'argumentateur. Dans la recherche inconsidérée de ce but, il se précipite tout d'abord dans la pure supposition. "C'est une folie, – dit-il, – de supposer que le meurtre, si un meurtre a été commis sur cette personne, ait pu être consommé assez vite pour permettre aux meurtriers de jeter le corps dans la rivière avant minuit." Nous demandons tout de suite, et très naturellement, *pourquoi*. Pourquoi est-ce une folie de supposer que le meurtre a été commis *cinq minutes* après que la jeune fille a quitté le domicile de sa mère ? Pourquoi est-ce une folie de supposer que le meurtre a été commis à un moment quelconque de la journée ? Il s'est commis des assassinats à toutes les heures. Mais, que le meurtre ait eu lieu à un moment quelconque entre neuf heures du matin, dimanche, et minuit moins un quart, il serait toujours resté bien assez de temps *pour jeter le cadavre dans la rivière avant minuit*. Cette supposition se réduit donc à cela : que le meurtre n'a pas été commis le dimanche ; et, si nous permettons à *l'Étoile* de supposer cela, nous pouvons lui accorder toutes les libertés possibles. On peut imaginer que le paragraphe commençant par : "C'est une folie de supposer que le meurtre, etc.", quoiqu'il ait été imprimé sous cette forme par *l'Étoile*, avait été réellement conçu dans le cerveau du rédacteur sous cette autre forme : "C'est une folie de supposer que le meurtre, si un meurtre a été commis sur cette personne, ait pu être consommé assez vite pour permettre aux meurtriers de jeter le corps dans la rivière avant minuit ; c'est une folie, disons-nous, de supposer cela, et en même temps de supposer (comme nous voulons bien le supposer) que le corps n'a été jeté à l'eau que *passé minuit*" ; opinion passablement mal déduite, mais qui n'est pas aussi complètement déraisonnable que celle imprimée.

« Si j'avais eu simplement pour but, – continua Dupin, – de réfuter ce passage de l'argumentation de *l'Étoile*, j'aurais pu tout aussi bien le laisser où il est. Mais ce n'est pas de *l'Étoile* que nous avons affaire, mais bien de la vérité. La phrase en question, dans le cas actuel, n'a qu'un sens, et ce sens, je l'ai nettement établi ; mais il est essentiel que nous pénétrions derrière les mots pour chercher une idée que ces mots donnent évidemment à entendre, sans l'exprimer positivement. Le dessein du journaliste était de dire qu'il était improbable, à quelque moment de la journée ou de la nuit de dimanche que le meurtre eût été commis, que les assassins se fussent hasardés à porter le corps à la rivière avant minuit. C'est justement là que gît la supposition dont je me plains. On suppose que le meurtre a été commis à un tel endroit et dans de telles circonstances, qu'il est devenu nécessaire de *porter le corps à la rivière*. Or, l'assassinat pourrait avoir eu lieu sur le bord de la rivière, ou sur la rivière même ; et ainsi le lançage du corps à l'eau, auquel on a eu recours à n'importe quel moment du jour ou de la nuit, se serait présenté comme le mode d'action le plus immédiat, le plus sous la main. Vous comprenez que je ne suggère ici rien qui me paraisse plus probable ou qui coïncide avec ma propre opinion. Jusqu'à présent, je n'ai pas en vue les *éléments* mêmes de la cause. Je désire simplement vous mettre en garde contre le ton général des *suggestions* de *l'Étoile* et appeler votre attention sur le caractère de *parti pris* qui s'y manifeste tout d'abord.

« Ayant ainsi prescrit une limite accommodée à ses idées préconçues, ayant supposé que, si ce corps était celui de Marie, il n'aurait pu rester dans l'eau que pendant un laps de temps très court, le journal en vient à dire :

« "L'expérience prouve que les corps noyés, ou jetés à l'eau immédiatement après une mort violente, ont besoin d'un temps comme de six à dix jours pour qu'une décomposition suffisante les ramène à la surface des eaux. Un cadavre sur lequel on tire le canon, et qui s'élève avant que l'immersion ait duré au moins cinq ou six jours, ne manque pas de replonger, si on l'abandonne à lui-même."

« Ces assertions ont été acceptées tacitement par tous les journaux de Paris, à l'exception du *Moniteur*[1]. Cette dernière feuille s'efforce de combattre la partie de paragraphe qui a trait seulement aux *corps des noyés*, en citant cinq ou six cas dans lesquels les corps de personnes notoirement noyées ont été trouvés flottants après un laps de temps moindre que celui fixé par *l'Étoile*. Mais il y a quelque chose d'excessivement antiphilosophique dans cette tentative que fait *le Moniteur*, de repousser l'affirmation générale de *l'Étoile* par une citation de cas particuliers militant contre cette affirmation. Quand même il eût été possible d'alléguer cinquante cas, au lieu de cinq, de cadavres trouvés à la surface des eaux au bout de deux ou trois jours, ces cinquante exemples auraient pu être légitimement considérés comme de pures exceptions à la

---

1. *The New York Commercial Advertiser,* édité par le Col. Stone.

règle de *l'Étoile*, jusqu'à ce que la règle elle-même fût définitivement réfutée. Cette règle admise (et *le Moniteur* ne la nie pas, il insiste seulement sur les exceptions), l'argumentation de *l'Étoile* reste en possession de toute sa force ; car cette argumentation ne prétend pas impliquer plus qu'une question de *probabilité* relativement à un corps pouvant s'élever à la surface en moins de trois jours ; et cette probabilité sera en faveur de *l'Étoile* jusqu'à ce que les exemples, si puérilement allégués, soient en nombre suffisant pour constituer une règle contraire.

« Vous comprenez tout de suite que toute argumentation de ce genre doit être dirigée contre la règle elle-même, et, dans ce but, nous devons faire l'analyse raisonnée de la règle. Or, le corps humain n'est, en général, ni beaucoup plus léger, ni beaucoup plus lourd que l'eau de la Seine ; c'est-à-dire que la pesanteur spécifique du corps humain, dans sa condition naturelle, est à peu près égale au volume d'eau douce qu'il déplace. Les corps des individus gras et charnus, avec de petits os, et généralement des femmes, sont plus légers que ceux des individus maigres, à gros os, et généralement des hommes ; et la pesanteur spécifique de l'eau d'une rivière est quelque peu influencée par la présence du flux de la mer. Mais, en faisant abstraction de la marée, on peut affirmer que très peu de corps humains seront submergés, même dans l'eau douce, *spontanément*, par leur propre nature. Presque tous, tombant dans une rivière, seront aptes à flotter, s'ils laissent s'établir un équilibre convenable entre la pesanteur spécifique de l'eau et leur pesanteur propre, c'est-à-dire s'ils se laissent submerger tout entiers, en exceptant le moins de parties possible. La meilleure position pour celui qui ne sait pas nager est la position verticale de l'homme qui marche sur la terre, la tête complètement renversée et submergée, la bouche et les narines restant seules au-dessus du niveau de l'eau. Dans de telles conditions, nous pourrons tous flotter sans difficulté et sans effort. Il est évident, toutefois, que les pesanteurs du corps et du volume d'eau déplacé sont alors très rigoureusement balancées, et qu'un rien suffira pour donner à l'un ou à l'autre la prépondérance. Un bras, par exemple, élevé au-dessus de l'eau, et conséquemment privé de son support, est un poids additionnel suffisant pour faire plonger toute la tête, tandis que le secours accidentel du plus petit morceau de bois nous permettra de lever suffisamment la tête pour regarder autour de nous. Or, dans les efforts d'une personne qui n'a pas la pratique de la natation, les bras se jettent invariablement en l'air, et il y a en même temps obstination à conserver à la tête sa position verticale ordinaire. Le résultat est l'immersion de la bouche et des narines, et, par suite des efforts pour respirer sous l'eau, l'introduction de l'eau dans les poumons. L'estomac en absorbe aussi une grande quantité, et tout le corps s'appesantit de toute la différence de pesanteur entre l'air qui primitivement distendait ces cavités et le liquide qui les remplit maintenant. C'est une règle générale, que cette différence suffit pour faire plonger le corps, mais elle ne suffit pas dans le cas des individus qui ont de petits os et une quantité anormale de matière flasque et graisseuse. Ceux-là flottent même après qu'ils sont noyés.

« Le cadavre, que nous supposerons au fond de la rivière, y restera jusqu'à ce que, d'une manière quelconque, sa pesanteur spécifique devienne de nouveau moindre que celle du volume d'eau qu'il déplace. Cet effet est amené, soit par la décomposition, soit autrement. La décomposition a pour résultat la génération du gaz qui distend tous les tissus cellulaires et donne aux cadavres cet aspect bouffi qui est si horrible à voir. Quand cette distension est arrivée à ce point que le volume du corps est sensiblement accru sans un accroissement correspondant de matière solide ou de poids, sa pesanteur spécifique devient moindre que celle de l'eau déplacée, et il fait immédiatement son apparition à la surface. Mais la décomposition peut être modifiée par d'innombrables circonstances ; elle peut être hâtée ou retardée par d'innombrables agents ; par la chaleur ou le froid de la saison, par exemple ; par l'imprégnation minérale ou la pureté de l'eau ; par sa plus ou moins grande profondeur ; par le courant ou la stagnation plus ou moins marqués ; et puis par le tempérament originel du corps, selon qu'il était déjà infecté ou pur de maladie avant la mort. Ainsi, il est évident que nous ne pouvons, avec exactitude, fixer une époque où le corps devra s'élever par suite de la décomposition. Dans de certaines conditions, ce résultat peut être amené en une heure ; dans d'autres, il peut ne pas avoir lieu du tout. Il y a des infusions chimiques qui peuvent préserver à tout jamais de corruption tout le système animal, par exemple le bichlorure de mercure. Mais, à part la décomposition, il peut y avoir et il y a ordinairement une génération de gaz dans l'estomac, par la fermentation acétique de la matière végétale (ou par d'autres causes dans d'autres cavités), suffisante pour créer une distension qui ramène le corps à la surface de l'eau. L'effet produit par le coup de canon est un effet de simple vibration. Il peut dégager le corps du limon ou de la vase molle où il est enseveli, lui permettant ainsi de s'élever, quand d'autres agents l'y ont déjà préparé ; ou bien il peut vaincre l'adhérence de quelques parties putréfiées du système cellulaire, et faciliter la distension des cavités sous l'influence du gaz.

« Ayant ainsi devant nous toute la philosophie du sujet, nous pouvons vérifier les assertions de l'*Étoile*. "L'expérience prouve, – dit cette feuille, – que les corps noyés, ou jetés à l'eau immédiatement après une mort violente, ont besoin d'un temps comme de six à dix jours, pour qu'une décomposition suffisante les ramène à la surface des eaux. Un cadavre sur lequel on tire le canon, et qui s'élève avant que l'immersion ait duré au moins cinq ou six jours, ne manque pas de replonger si on l'abandonne à lui-même." »

« Tout le paragraphe nous apparaît maintenant comme un tissu d'inconséquences et d'incohérences. L'expérience *ne montre pas toujours* que les corps des noyés *ont besoin* de cinq ou six jours pour qu'une décomposition suffisante leur permette de revenir à la surface. La science et l'expérience réunies prouvent que l'époque de leur réapparition est et doit être nécessairement indéterminée. En outre, si un corps est ramené à la surface de l'eau par un coup de canon, il *ne replongera pas de nouveau, même abandonné à lui-même*, toutes les fois que la décomposition sera arrivée au degré nécessaire pour permettre le dégagement des gaz engendrés. Mais je désire appeler votre attention sur la distinction faite entre les corps des noyés et les corps des personnes jetées à l'eau immédiatement après une mort violente. Quoique le rédacteur admette cette distinction, cependant il enferme les deux cas dans la même catégorie. J'ai montré comment le corps d'un homme qui se noie acquiert une pesanteur spécifique plus considérable que le volume d'eau déplacé, et j'ai prouvé qu'il ne s'enfoncerait pas du tout, sans les mouvements par lesquels il jette ses bras au-dessus de l'eau, et les efforts de respiration qu'il fait sous l'eau, qui permettent au liquide de prendre la place de l'air dans les poumons. Mais ces mouvements et ces efforts n'auront pas lieu dans un corps *jeté à l'eau immédiatement après une mort violente*. Ainsi, dans ce dernier cas, *la règle générale est que le corps ne doit pas du tout s'enfoncer*, – fait que l'*Étoile* ignore évidemment. Quand la décomposition est arrivée à un point très avancé, quand la chair a, en grande partie, quitté les os, alors seulement, mais pas avant, nous voyons le corps disparaître sous l'eau.

« Et maintenant que penserons-nous de ce raisonnement, – que le cadavre trouvé ne peut pas être celui de Marie Roget, parce que ce cadavre a été trouvé flottant après un laps de trois jours seulement ? Si elle a été noyée, elle a pu ne pas s'enfoncer, étant une femme; si elle s'est enfoncée, elle a pu reparaître au bout de vingt-quatre heures, ou même moins. Mais personne ne suppose qu'elle a été noyée ; et, étant morte avant d'être jetée à la rivière, elle aurait flotté et aurait pu être retrouvée à n'importe quelle époque postérieure.

« "Mais, – dit l'*Étoile*, – si le corps est resté sur le rivage dans son état de détérioration jusqu'à la nuit de mardi, on a dû trouver sur ce rivage quelque trace des meurtriers."

« Ici il est difficile de saisir tout d'abord l'intention du raisonneur. Il cherche à prévenir ce qu'il imagine pouvoir être une objection à sa théorie, – à savoir que le corps, étant resté deux jours sur le rivage, a dû subir une décomposition rapide, – *plus* rapide que s'il avait été plongé dans l'eau. Il suppose que, si tel a été le cas, le corps aurait pu reparaître à la surface le mercredi, et pense que, dans ces conditions-là seulement, il aurait pu reparaître. Il est donc très pressé de prouver que le corps *n'est pas resté* sur le rivage ; car, dans ce cas, *on aurait trouvé sur ce rivage quelque trace des meurtriers.* Je présume que cette conséquence vous fera sourire. Vous ne pouvez pas comprendre comme le séjour *plus ou moins long* du corps sur le rivage aurait pu *multiplier les traces des assassins.* Ni moi non plus.

« Le journal continue : "Et enfin, il est excessivement improbable que les malfaiteurs qui ont commis un meurtre tel que celui qui est supposé aient jeté le corps à l'eau sans un poids pour l'entraîner, quand il était si facile de prendre cette précaution."

« Observez ici la risible confusion d'idées ! Personne, pas même l'*Étoile,* ne conteste qu'un meurtre a été commis sur le corps trouvé. Les traces de violences sont trop évidentes. Le but de notre raisonneur est simplement de montrer que ce corps n'est pas celui de Marie. Il désire prouver que Marie n'est pas assassinée, – mais non pas que ce cadavre n'est pas celui d'une personne assassinée. Cependant, son observation ne prouve que ce dernier point. Voilà un corps auquel aucun poids n'avait été attaché. Des assassins, le jetant à l'eau, n'auraient pas manqué d'y attacher un poids. Donc, il n'a pas été jeté par des assassins. Voilà tout ce qui est prouvé, si quelque chose peut l'être. La question d'identité n'est même pas abordée, et l'*Étoile* est très en peine pour contredire maintenant ce qu'elle admettait tout à l'heure. "Nous sommes parfaitement convaincus, – dit-elle, – que le cadavre trouvé est celui d'une femme assassinée."

« Et ce n'est pas le seul cas, même dans cette partie de son sujet, où notre raisonneur raisonne, sans s'en apercevoir, contre lui-même. Son but évident, je l'ai déjà dit, est de réduire, autant que possible, l'intervalle de temps compris entre la disparition de Marie et la découverte du corps. Cependant, nous le voyons insister sur ce point, que personne n'a vu la jeune fille depuis le moment où elle a quitté la maison de sa mère. "Nous n'avons, – dit-il, – aucune déposition prouvant que Marie Roget fût encore sur la terre des vivants passé neuf heures, dimanche 22 juin."

« Comme son raisonnement est évidemment entaché de parti pris, il aurait mieux fait d'abandonner ce côté de la question ; car, si l'on trouvait quelqu'un qui eût vu Marie, soit lundi, soit mardi, l'intervalle en question serait très réduit, et, d'après sa manière de raisonner, la probabilité que ce corps puisse être celui de la grisette se trouverait diminuée d'autant. Il est toutefois amusant d'observer que l'*Étoile* insiste là-dessus avec la ferme conviction qu'elle va renforcer son argumentation générale.

« Maintenant examinez de nouveau cette partie de l'argumentation qui a trait à la reconnaissance du corps par Beauvais. Relativement au *poil* sur le bras, l'*Étoile* montre évidemment de la mauvaise foi. M. Beauvais, n'étant pas un idiot, n'aurait jamais, pour constater l'identité d'un corps, argué simplement *de poil sur le bras*. Il n'y a pas de bras sans poil. La *généralité* des expressions de l'*Étoile* est une simple perversion des phrases du témoin. Il a dû nécessairement parler de quelque *particularité* dans ce poil ; particularité dans la couleur, la quantité, la longueur ou la place.

« Le journal dit : "Son pied était petit ; il y a des milliers de petits pieds. Sa jarretière n'est pas du tout une preuve, non plus que son soulier ; car les jarretières et les souliers se ven-

dent par ballots. On peut en dire autant des fleurs de son chapeau. Un fait sur lequel M. Beauvais insiste fortement est que
l'agrafe de la jarretière avait été reculée pour rendre celle-ci
plus étroite. Cela ne prouve rien ; car la plupart des femmes
emportent chez elles une paire de jarretières et les accommo-
dent à la grosseur de leurs jambes plutôt que de les essayer
dans la boutique où elles les achètent. "

« Ici il est difficile de supposer le raisonneur dans son bon
sens. Si M. Beauvais, à la recherche du corps de Marie, a
découvert un cadavre ressemblant, par les proportions générales et l'aspect, à la jeune fille disparue, il a pu légitimement
croire (même en laissant de côté la question de l'habillement)
qu'il avait abouti au but de sa recherche. Si, outre ce point de
proportions générales et de contour, il a trouvé sur le bras une
apparence velue déjà observée sur le bras de Marie vivante,
son opinion a pu être justement renforcée, et a dû l'être en
proportion de la particularité ou du caractère insolite de cette
marque velue. Si, le pied de Marie étant petit, les pieds du
cadavre se trouvent également petits, la probabilité que ce
cadavre est celui de Marie doit croître dans une proportion
non pas simplement arithmétique, mais singulièrement géo-
métrique ou accumulative. Ajoutez à tout cela des souliers
tels qu'on lui en avait vu porter le jour de sa disparition, et,
bien que les souliers *se vendent par ballots,* vous sentirez la
probabilité s'augmenter jusqu'à confiner à la certitude. Ce
qui, par soi-même, ne serait pas un signe d'identité, devient,
par sa position corroborative, la preuve la plus sûre. Accor-
dez-nous, enfin, les fleurs du chapeau correspondant à celles
que portait la jeune fille perdue, et nous n'avons plus rien à
désirer. *Une seule* de ces fleurs, et nous n'avons plus rien à
désirer : – mais que dirons-nous donc, si nous en avons deux,
ou trois, ou plus encore ? Chaque unité successive est un
témoignage multiple, – une preuve non pas *ajoutée* à la
preuve précédente, mais *multipliée* par cent ou par mille.
Nous découvrons maintenant sur la défunte des jarretières
semblables à celles dont usait la personne vivante : en vérité, il
y a presque folie à continuer l'enquête. Mais il se trouve que
ces jarretières sont resserrées par le reculement de l'agrafe,
juste comme Marie avait fait pour les siennes peu de temps
avant de quitter la maison. Douter encore, c'est démence ou
hypocrisie. Ce que *l'Étoile* dit relativement à ce raccourcissement qui doit, selon elle, être considéré comme un cas jour-

nalier, ne prouve pas autre chose que son opiniâtreté dans l'erreur. La nature élastique d'une jarretière à agrafe suffit pour démontrer le caractère *exceptionnel* de ce raccourcissement. Ce qui est fait pour bien s'ajuster ne doit avoir besoin d'un perfectionnement que dans des cas rares. Ce doit avoir été par suite d'un accident, dans le sens le plus strict, que ces jarretières de Marie ont eu besoin du raccourcissement en question. Elles seules auraient largement suffi pour établir son identité. Mais l'important n'est pas que le cadavre ait les jarretières de la jeune fille perdue, ou ses souliers, ou son chapeau, ou les fleurs de son chapeau, ou ses pieds, ou son aspect et ses proportions générales ; – l'important est que le cadavre a chacune de ces choses, et les *a toutes collectivement*. S'il était prouvé que *l'Étoile* a *réellement*, dans de pareilles circonstances, conçu un doute, il n'y aurait, pour son cas, aucun besoin d'une commission *de lunatico inquirendo*. Elle a cru faire preuve de sagacité en se faisant l'écho des bavardages des hommes de loi, qui, pour la plupart, se contentent de se faire eux-mêmes l'écho des préceptes rectangulaires des cours criminelles. Je vous ferai observer, en passant, que beaucoup de ce qu'une cour refuse d'admettre comme preuve est pour l'intelligence ce qu'il y a de meilleur en fait de preuves. Car, se guidant d'après les principes généraux en matière de preuves, les principes reconnus et inscrits dans les livres, la cour répugne à dévier vers les raisons particulières. Et cet attachement opiniâtre au principe, avec ce dédain rigoureux pour l'exception contradictoire, est un moyen sûr d'atteindre, dans une longue suite de temps, le *maximum* de vérité auquel il est permis d'atteindre ; la pratique, *en masse*, est donc philosophique ; mais il n'est pas moins certain qu'elle engendre de grandes erreurs dans des cas spéciaux [1].

1. Une théorie basée sur les qualités d'un objet ne peut pas avoir le développement total demandé par tous les objets auxquels elle doit s'appliquer ; et celui qui arrange les faits par rapport à leurs causes perd la faculté de les estimer selon leurs résultats. Ainsi la jurisprudence de toutes les nations montre que la loi, quand elle devient une science ou un système, cesse d'être la justice. Les erreurs, dans lesquelles une dévotion aveugle aux principes de classification a jeté le droit commun, sont faciles à vérifier si l'on veut observer combien de fois la puissance législative a été obligée d'intervenir pour rétablir l'esprit d'équité qui avait disparu de ses formules. – LANDOR E.A.P.

« Quant aux insinuations dirigées contre Beauvais, vous n'aurez qu'à souffler dessus pour les dissiper. Vous avez déjà pénétré le véritable caractère de ce gentleman. C'est un officieux, avec un esprit très tourné au romanesque et peu de jugement. Tout homme ainsi constitué sera facilement porté, dans un cas d'émotion *réelle*, à se conduire de manière à se rendre suspect aux yeux des personnes trop subtiles ou enclines à la malveillance. M. Beauvais, comme il résulte de vos notes, a eu quelques entrevues personnelles avec l'éditeur de *l'Étoile*, et il l'a choqué en osant exprimer cette opinion, que, nonobstant la théorie de l'éditeur, le cadavre était positivement celui de Marie. "Il persiste, – dit le journal, – à affirmer que le corps est celui de Marie, mais il ne peut pas ajouter une circonstance à celles que nous avons déjà commentées, pour faire partager aux autres cette croyance." Or, sans revenir sur ce point, qu'il eût été impossible, *pour faire partager aux autres cette croyance,* de fournir une preuve plus forte que celles déjà connues, observons ceci : c'est qu'il est facile de concevoir un homme parfaitement convaincu, dans un cas de cette espèce, et cependant incapable de produire une seule raison pour convaincre une seconde personne. Rien n'est plus vague que les impressions relatives à l'identité d'un individu. Chaque homme reconnaît son voisin, et pourtant il y a bien peu de cas où le premier venu sera tout prêt à donner une raison de cette *reconnaissance*. L'éditeur de *l'Étoile* n'a donc pas le droit d'être choqué de la croyance non raisonnée de M. Beauvais.

« Les circonstances suspectes dont il est enveloppé cadrent bien mieux avec mon hypothèse d'un caractère officieux, tatillon et romanesque qu'avec l'insinuation du journaliste relative à sa culpabilité. L'interprétation la plus charitable étant adoptée, nous n'avons plus aucune peine à expliquer la rose dans le trou de la serrure ; le mot *Marie* sur l'ardoise ; le fait d'*écarter les parents mâles ; sa répugnance à leur laisser voir le corps*; la recommandation faite à madame B. de ne pas causer avec le gendarme jusqu'à ce qu'il fût de retour, lui, Beauvais ; et enfin cette résolution apparente *de ne permettre à personne autre que lui-même de se mêler de l'enquête*. Il me semble incontestable que Beauvais était un des adorateurs de Marie ; qu'elle a fait la coquette avec lui ; et qu'il aspirait à faire croire qu'il jouissait de sa confiance et de son intimité complète. Je ne dirai rien de plus sur ce point ; et comme l'évidence repousse complètement l'assertion de *l'Étoile* relativement à cette *apathie* dont elle accuse la mère et les autres parents, apathie qui est inconciliable avec cette supposition qu'ils croient à l'identité du corps de la jeune parfumeuse, nous procéderons maintenant comme si la question d'identité était établie à notre parfaite satisfaction. »

– Et que pensez-vous, – demandai-je alors, – des opinions du *Commercial* ?

– Que, par leur nature, elles sont beaucoup plus dignes d'attention qu'aucune de celles qui ont été lancées sur le même sujet. Les déductions des prémisses sont philosophiques et subtiles ; mais ces prémisses, en deux points au moins, sont basées sur une observation imparfaite. *Le Commercial* veut faire entendre que Marie a été prise par une bande de vils coquins, non loin de la porte de la maison de sa mère. « Il est impossible, – dit-il, – qu'une jeune femme connue, comme était Marie, de plusieurs milliers de personnes, ait pu passer trois bornes sans rencontrer quelqu'un à qui son visage fût familier... » C'est là l'idée d'un homme résidant depuis longtemps dans Paris, – d'un homme public, – dont les allées et venues dans la ville ont été presque toujours limitées au voisinage des administrations publiques. Il sait que *lui*, il va rarement à une douzaine de bornes au-delà de son propre bureau sans être reconnu et accosté. Et, mesurant l'étendue de la connaissance qu'il a des autres et que les autres ont de lui-même, il compare sa notoriété avec celle de la parfumeuse, ne trouve pas grande différence entre les deux, et arrive tout de suite à cette conclusion qu'elle devait être, dans ses courses, aussi exposée à être reconnue que lui dans les siennes. Cette conclusion ne pourrait être légitime que si ses courses, à elle, avaient été de la même nature invariable et méthodique, et confinée dans la même espèce de région que ses courses, à lui. Il va et vient, à des intervalles réguliers, dans une périphérie bornée, remplie d'individus que leurs occupations, analogues aux siennes, poussent naturellement à s'intéresser à lui et à observer sa personne. Mais les courses de Marie peuvent être, en général, supposées d'une nature vagabonde. Dans le cas particulier qui nous occupe, on doit considérer comme très probable qu'elle a suivi une ligne s'écartant plus qu'à l'ordinaire de ses chemins accoutumés. Le parallèle que nous avons supposé exister dans l'esprit du *Commercial* ne serait soutenable que dans le cas des deux individus traversant toute la ville. Dans ce cas, s'il est accordé que les relations personnelles soient égales, les chances aussi seront égales pour qu'ils rencontrent un nombre égal de connaissances. Pour ma part, je tiens qu'il est, non seulement possible, mais infiniment probable que Marie a suivi à n'importe quelle heure une quelconque des nombreuses routes conduisant de sa résidence à celle de sa tante, sans rencontrer un seul individu qu'elle connût ou de qui elle fût connue. Pour bien juger cette question, pour la juger dans son vrai jour, il nous faut bien penser à l'immense disproportion qui existe entre les connaissances personnelles de l'individu le plus répandu de Paris et la population de Paris tout entière.

« Mais, quelque force que paraisse garder encore l'insinuation du *Commercial*, elle sera bien diminuée, si nous prenons en considération *l'heure* à laquelle la jeune fille est sortie. "C'est, – dit *le Commercial*, – au moment où les rues sont pleines de monde, qu'elle est sortie de chez elle." Mais pas du tout ! Il était neuf heures du matin. Or, à neuf heures du matin, toute la semaine, *excepté le dimanche*, les rues de la ville sont, il est vrai, remplies de foule. À neuf heures, le dimanche, tout le monde est généralement chez soi, *s'apprêtant pour aller à l'église*. Il n'est pas d'homme un peu observateur qui n'ait remarqué l'air particulièrement désert de la ville de huit heures à dix heures, chaque dimanche matin. Entre dix et onze, les rues sont pleines de foule, mais jamais à une heure aussi matinale que celle désignée.

« Il y a un autre point où il semble que l'esprit d'observation ait fait défaut au *Commercial*. "Un morceau, – dit-il, – d'un des jupons de l'infortunée jeune fille, de deux pieds de long et d'un pied de large, avait été arraché, serré autour de son cou et noué derrière sa tête, probablement pour empêcher ses cris. Cela a été fait par des drôles qui n'avaient pas même un mouchoir de poche." Cette idée est fondée ou ne l'est pas, c'est ce que nous essayerons plus tard d'examiner ; mais, par ces mots : *des drôles qui n'ont pas un mouchoir de poche*, l'éditeur veut désigner la classe de brigands la plus vile. Cependant, ceux-là sont justement l'espèce de gens qui ont toujours des mouchoirs, même quand ils manquent de chemise. Vous avez eu occasion d'observer combien, depuis ces dernières années, le mouchoir de poche est devenu indispensable pour le parfait coquin. »

– Et que devons-nous penser, – demandai-je, – de l'article du *Soleil* ?

– Que c'est grand dommage que son rédacteur ne soit pas né perroquet, auquel cas il eût été le plus illustre perroquet de sa race. Il a simplement répété des fragments des opinions individuelles déjà exprimées, qu'il a ramassées, avec une louable industrie, dans tel ou tel autre journal. "Les objets, – dit-il, – sont *évidemment* restés là pendant trois ou quatre semaines au moins, et *l'on ne peut pas* douter que le théâtre de cet effroyable crime n'ait été enfin découvert." Les faits énoncés ici de nouveau par *le Soleil* ne suffisent pas du tout pour écarter mes propres doutes sur ce sujet, et nous aurons à les examiner plus particulièrement dans leurs rapports avec une autre partie de la question.

« À présent, il faut nous occuper d'autres investigations. Vous n'avez pas manqué d'observer une extrême négligence dans l'examen du cadavre. À coup sûr, la question d'identité a été facilement résolue, ou devait l'être ; mais il y avait d'autres points à vérifier. Le corps avait-il été, de façon quelconque, *dépouillé* ? La défunte avait-elle sur elle quelques articles de bijouterie quand elle a quitté la maison ? Si elle en avait, les a-t-on retrouvés sur le corps ? Ce sont des questions importantes, absolument négligées par l'enquête, et il y en a d'autres d'une valeur égale qui n'ont aucunement attiré l'attention. Nous tâcherons de nous satisfaire par une enquête personnelle. La cause de Saint-Eustache a besoin d'être examinée de nouveau. Je n'ai pas de soupçons contre cet individu ; mais procédons méthodiquement. Nous vérifierons scrupuleusement la validité des attestations relatives aux lieux où on l'a vu le dimanche. Ces sortes de témoignages écrits sont souvent des moyens de mystification. Si nous n'y trouvons rien à redire, nous mettrons Saint-Eustache hors de cause. Son suicide, bien qu'il soit propre à corroborer les soupçons, au cas où on trouverait une supercherie dans les *affidavit,* n'est pas, s'il n'y a aucune supercherie, une circonstance inexplicable, ou qui doive nous faire dévier de la ligne de l'analyse ordinaire.

« Dans la marche que je vous propose maintenant, nous écarterons les points intérieurs du drame et nous concentrerons notre attention sur son contour extérieur. Dans des investigations du genre de celle-ci, on commet assez fréquemment cette erreur de limiter l'enquête aux faits immédiats et de mépriser absolument les faits collatéraux ou accessoires. C'est la détestable routine des cours criminelles de confiner l'instruction et la discussion dans le domaine du relatif apparent. Cependant, l'expérience a prouvé, et une vraie philosophie prouvera toujours qu'une vaste partie de la vérité, la plus considérable peut-être, jaillit des éléments en apparence étrangers à la question. C'est par l'esprit, si ce n'est précisément par la lettre de ce principe, que la science moderne est parvenue *à calculer sur l'imprévu.* Mais peut-être ne me comprenez-vous pas? L'histoire de la science humaine nous montre d'une manière si continue que c'est aux faits collatéraux, fortuits, accidentels, que nous devons nos plus nombreuses et nos précieuses découvertes, qu'il est devenu finalement nécessaire, dans tout aperçu des progrès à venir, de faire une part non seulement très large, mais la plus large possible aux inventions qui naîtront du hasard, et qui sont tout à fait en dehors des prévisions ordinaires. Il n'est plus philosophique désormais de baser sur ce qui a été une vision de ce qui doit être. L'*accident* doit être admis comme partie de la fondation. Nous faisons du hasard la matière d'un calcul rigoureux. Nous soumettons l'inattendu et l'inconcevable aux formules mathématiques des écoles.

« C'est, je le répète, un fait positif que la meilleure partie de la vérité est née de l'accessoire, de l'indirect ; et c'est simplement en me conformant au principe impliqué dans ce fait, que je voudrais, dans le cas présent, détourner l'instruction du terrain battu et infructueux de l'événement même, pour la porter vers les circonstances contemporaines dont il est entouré. Pendant que vous vérifierez la validité des *affidavit,* j'examinerai les journaux d'une manière plus générale que vous n'avez fait. Jusqu'ici, nous n'avons fait que reconnaître le champ de l'investigation ; mais il serait vraiment étrange qu'un examen compréhensif des feuilles publiques, tel que je veux le faire, ne nous apportât pas quelques petits renseignements qui serviraient à donner une direction nouvelle à l'instruction. »

Conformément à l'idée de Dupin, je me mis à vérifier scrupuleusement les *affidavit.* Le résultat de mon examen fut une ferme conviction de leur validité et conséquemment de l'innocence de Saint-Eustache. En même temps, mon ami s'appliquait, avec une minutie qui me paraissait absolument superflue, à examiner les collections des divers journaux. Au bout d'une semaine, il mit sous mes yeux les extraits suivants :

« Il y a trois ans et demi environ, une émotion semblable fut causée par la disparition de la même Marie Roget, de la parfumerie de M. Le Blanc, au Palais-Royal. Cependant, au bout d'une semaine, elle reparut à son comptoir ordinaire, l'air aussi bien portant que possible, sauf une légère pâleur qui ne lui était pas habituelle. Sa mère et M. Le Blanc déclarèrent qu'elle était allée simplement rendre visite à quelque ami à la campagne, et l'affaire fut promptement assoupie. Nous présumons que son absence actuelle est une frasque de même nature, et qu'à l'expiration d'une semaine ou d'un mois nous la verrons revenir parmi nous. » – *Journal du soir*. – Lundi 23 juin [1].

« Un journal du soir, dans son numéro d'hier, rappelle une première disparition mystérieuse de mademoiselle Roget. C'est chose connue que, pendant son absence d'une semaine de la parfumerie Le Blanc, elle était en compagnie d'un jeune officier de marine, noté pour ses goûts de débauche. Une brouille, à ce qu'on suppose, la poussa providentiellement à revenir chez elle. Nous savons le nom du Lothario en question, qui est actuellement en congé à Paris ; mais, pour des raisons qui sautent aux yeux, nous nous abstenons de le publier. » – *Le Mercure*. – Mardi matin, 24 juin [2].

« Un attentat du caractère le plus odieux a été commis aux environs de cette ville dans la journée d'avant-hier. Un gentleman, avec sa femme et sa fille, à la tombée de la nuit, a loué, pour traverser la rivière, les services de six jeunes gens qui manœuvraient çà et là, près de la berge de la Seine. Arrivés à la rive opposée, les trois passagers mirent pied à terre, et ils s'étaient éloignés déjà du bateau jusqu'à le perdre de vue, quand la jeune fille s'aperçut qu'elle y avait laissé son ombrelle. Elle revint pour la chercher, fut saisie par cette bande d'hommes, transportée sur le fleuve, bâillonnée, affreusement maltraitée, et finalement déposée sur un point de la rive peu distant de celui où elle était primitivement montée dans le bateau avec ses parents. Les misérables ont échappé pour le moment à la police ; mais elle est sur leur piste et

1. *New York Express*. – E.A.P.
2. *New York Herald*. – E.A.P.

quelques-uns d'entre eux seront prochainement arrêtés. » – *Journal du matin*. – 25 juin[1].

« Nous avons reçu une ou deux communications qui ont pour objet d'imputer à Mennais[2] le crime odieux commis récemment ; mais, comme ce gentleman a été pleinement disculpé par une enquête judiciaire, et comme les arguments de nos correspondants semblent marqués de plus de zèle que de sagacité, nous ne jugeons pas convenable de les publier. » – *Journal du matin*. – 28 juin[3].

« Nous avons reçu plusieurs communications assez énergiquement écrites qui semblent venir de sources diverses et qui poussent à accepter, comme chose certaine, que l'infortunée Marie Roget a été victime d'une de ces nombreuses bandes de coquins qui infestent, le dimanche, les environs de la ville. Notre propre opinion est décidément en faveur de cette hypothèse. Nous tâcherons prochainement d'exposer ici quelques-uns de ces arguments. » – *Journal du soir*. – Mardi, 31 juin[4].

« Lundi, un des bateliers attachés au service du fisc a vu sur la Seine un bateau vide s'en allant avec le courant. Les voiles étaient déposées au fond du bateau. Le batelier le remorqua jusqu'au bureau de la navigation. Le matin suivant, ce bateau avait été détaché et avait disparu sans qu'aucun des employés s'en fût aperçu. Le gouvernail est resté au bureau de la navigation. » – *La Diligence*. – Jeudi, 26 juin[5].

En lisant ces différents extraits, non seulement il me sembla qu'ils étaient étrangers à la question, mais je ne pouvais concevoir aucun moyen de les y rattacher. J'attendais une explication quelconque de Dupin.

– Il n'entre pas actuellement dans mon intention, – dit-il, – de m'appesantir sur le premier et le second de ces extraits. Je les ai copiés principalement pour vous montrer l'extrême négligence des agents de la police qui, si j'en dois croire le préfet, ne se sont pas inquiétés le moins du monde de l'officier de marine auquel il est fait allusion. Cependant, il y aurait de la

---

1. *New York Courier and Inquirer*. – E.A.P.
2. Mennais était un des individus primitivement soupçonnés et arrêtés ; plus tard, il avait été relâché par suite du manque total de preuves. – E.A.P.
3. *New York Courier and Inquirer*. – E.A.P.
4. *New York Evening Post*. – E.A.P.
5. *New York Standard*. – E.A.P.

folie à affirmer que nous n'avons pas le droit de *supposer* une connexion entre la première et la seconde disparition de Marie. Admettons que la première fuite ait eu pour résultat une brouille entre les deux amants et le retour de la jeune fille trahie. Nous pouvons considérer un second enlèvement (si nous *savons* qu'un second enlèvement a eu lieu) comme indice de nouvelles tentatives de la part du traître, plutôt que comme résultat de nouvelles propositions de la part d'un second individu ; nous pouvons regarder cette deuxième fuite plutôt comme le *raccommodage* du vieil amour que comme le commencement d'un nouveau. Ou celui qui s'est déjà enfui une fois avec Marie lui aura proposé une évasion nouvelle, ou Marie, à qui des propositions d'enlèvement ont été faites par un individu, en aura agréé de la part d'un autre ; mais il y a dix chances contre une pour la première de ces suppositions ! Et, ici, permettez-moi d'attirer votre attention sur ce fait, que le temps écoulé entre le premier enlèvement connu et le second supposé ne dépasse que de peu de mois la durée ordinaire des croisières de nos vaisseaux de guerre. L'amant a-t-il été interrompu dans sa première infamie par la nécessité de reprendre la mer, et a-t-il saisi le premier moment de son retour pour renouveler les viles tentatives non absolument accomplies jusque-là, ou du moins non absolument accomplies *par lui* ? Sur toutes ces choses, nous ne savons rien.

« Vous direz peut-être que, dans le second cas, l'enlèvement que nous imaginons n'a pas eu lieu. Certainement non ; mais pouvons-nous affirmer qu'il n'y a pas eu une tentative manquée ? En dehors de Saint-Eustache et peut-être de Beauvais, nous ne trouvons pas d'amants de Marie, reconnus, déclarés, honorables. Il n'a été parlé d'aucun autre. Quel est donc l'amant secret dont les parents (au moins pour la plupart) n'ont jamais entendu parler, mais que Marie rencontre le dimanche matin, et qui est entré si profondément dans sa confiance, qu'elle n'hésite pas à rester avec lui, jusqu'à ce que les ombres du soir descendent, dans les bosquets solitaires de la barrière du Roule ? Quel est, dis-je, cet amant secret dont la plupart, au moins, des parents, n'ont jamais entendu parler ? Et que signifient ces singulières paroles de madame Roget, le matin du départ de Marie : "Je crains de ne plus jamais revoir Marie" ?

« Mais, si nous ne pouvons pas supposer que madame Roget ait eu connaissance du projet de fuite, ne pouvons-nous pas au moins imaginer que ce projet ait été conçu par sa fille ? En quittant la maison, elle a donné à entendre qu'elle allait rendre visite à sa tante, rue des Drômes, et Saint-Eustache a été chargé de venir la chercher à la tombée de la nuit. Or, au premier coup d'œil, ce fait milite fortement contre ma suggestion ; mais réfléchissons un peu. Qu'elle ait positivement rencontré quelque compagnon, qu'elle ait traversé avec lui la rivière et qu'elle soit arrivée à la barrière du Roule à une heure assez avancée, approchant trois heures de l'après-midi, cela est connu. Mais, en consentant à accompagner ainsi cet individu *(dans un dessein quelconque, connu ou inconnu de sa mère)*, elle a dû penser à l'intention qu'elle avait exprimée en quittant la maison, ainsi qu'à la surprise et aux soupçons qui s'élèveraient dans le cœur de son fiancé, Saint-Eustache, quand, venant la chercher à l'heure marquée, rue des Drômes, il apprendrait qu'elle n'y était pas venue, et quand, de plus, retournant à la pension avec ce renseignement alarmant, il s'apercevrait de son absence prolongée de la maison. Elle a dû, dis-je, penser à tout cela. Elle a dû prévoir le chagrin de Saint-Eustache, les soupçons de tous ses amis. Il se peut qu'elle n'ait pas eu le courage de revenir pour braver les soupçons ; mais les soupçons n'étaient plus qu'une question d'une importance insignifiante pour elle, si nous supposons qu'elle avait l'intention de *ne pas* revenir.

« Nous pouvons imaginer qu'elle a raisonné ainsi :

« " J'ai rendez-vous avec une certaine personne dans un but de fuite, ou pour certains autres projets connus de moi seule. Il faut écarter toute chance d'être surpris ; il faut que nous ayons suffisamment de temps pour déjouer toute poursuite ; je donnerai à entendre que je vais rendre visite à ma tante et passer la journée chez elle, rue des Drômes. Je dirai à Saint-Eustache de ne venir me chercher qu'à la nuit ; de cette façon, mon absence de la maison, prolongée autant que possible, sans exciter de soupçons ni d'inquiétude, pourra s'expliquer, et je gagnerai plus de temps que par tout autre moyen. Si je prie Saint-Eustache de venir me chercher à la brune, il ne viendra certainement pas auparavant ; mais, si je néglige tout à fait de le prier de venir, le temps consacré à ma fuite sera diminué, puisque l'on s'attendra à me voir revenir de bonne heure, et que mon absence excitera plus tôt l'inquiétude. Or, s'il pouvait entrer dans mon dessein de revenir, si je n'avais en vue qu'une simple promenade avec la personne en question, il ne serait pas de bonne politique de prier Saint-Eustache de venir me chercher ; car, en arrivant, il s'apercevrait à coup sûr que je me suis jouée de lui, chose que je pourrais lui cacher à jamais en quittant la maison sans lui notifier mon intention en revenant avant la nuit et en racontant alors que je suis allée visiter ma tante, rue des Drômes. Mais, comme mon projet est de ne *jamais* revenir, – du moins avant quelques semaines ou avant que j'aie réussi à cacher certaines choses, – la nécessité de gagner du temps est le seul point dont j'aie à m'inquiéter. "

« Vous avez observé, dans vos notes, que l'opinion générale, relativement à cette triste affaire, est et a été, dès le principe, que la jeune fille a été victime d'une bande de brigands. Or, l'opinion populaire, dans de certaines conditions, n'est pas faite pour être dédaignée. Quand elle se lève d'elle-même, quand elle se manifeste d'une manière strictement spontanée, nous devons la considérer comme un phénomène analogue à cette *intuition* qui est l'idiosyncrasie de l'homme de génie. Dans quatre-vingt-dix-neuf cas sur cent, je m'en tiendrais à ses décisions. Mais il est très important que nous ne découvrions pas de traces palpables *d'une suggestion extérieure*. L'opinion doit être rigoureusement la *pensée personnelle* du public ; et il est souvent très difficile de saisir cette distinction et de la maintenir. Dans le cas présent, il me semble, à moi, que cette *opinion publique*, relative *à une bande*, a été inspirée par l'événement parallèle et accessoire raconté dans le troisième de mes extraits. Tout Paris est excité par la découverte du cadavre de Marie, une fille jeune, belle et célèbre. Ce cadavre est trouvé portant des marques de violence et flottant sur la rivière. Mais il est maintenant avéré qu'à l'époque même ou vers l'époque où l'on suppose que la jeune fille a été assassinée, un attentat analogue à celui enduré par la défunte, quoique moins énorme, a été consommé, par une bande de jeunes drôles, sur une autre jeune fille. Est-il surprenant que le premier attentat connu ait influencé le jugement populaire relativement à l'autre, encore obscur ? Ce jugement attendait une direction, et l'attentat connu semblait l'indiquer avec tant d'opportunité ! Marie, elle aussi, a été trouvée dans la rivière ; et c'est sur cette même rivière que l'attentat connu a été consommé. La connexion des deux événements avait en elle quelque chose de si palpable, que c'eût été un miracle que le populaire *oubliât* de l'apprécier et de la saisir. Mais, en fait, l'un des deux attentats, connu pour avoir été accompli de telle façon, est un indice, s'il en fut jamais, que l'autre attentat, commis à une époque presque coïncidente, *n'a pas* été accompli *de la même façon*. En vérité, on pourrait regarder comme une merveille que, pendant qu'une bande de scélérats consommait, en un lieu donné, un attentat inouï, il se soit trouvé une autre bande semblable, dans la même localité, dans la même ville, dans les mêmes circonstances, occupée, avec les mêmes moyens et les mêmes procédés, à commettre un crime d'un caractère exactement semblable et précisément à la même époque ! Et à quoi, je vous prie, l'opinion *accidentellement suggérée* du populaire nous pousserait-elle à croire, si ce n'est à cette merveilleuse série de coïncidences ?

« Avant d'aller plus loin, considérons le théâtre supposé de l'assassinat dans le fourré de la barrière du Roule. Ce bosquet très épais, il est vrai, se trouve dans l'extrême voisinage d'une route publique. Dedans, nous dit-on, se trouvent trois ou quatre larges pierres, formant une espèce de siège, avec dossier et tabouret. Sur la pierre supérieure on a découvert un jupon blanc ; sur la seconde, une écharpe de soie. Une ombrelle, des gants et un mouchoir de poche ont été également trouvés. Le mouchoir portait le nom : *Marie Roget*. Des fragments de robe étaient attachés aux ronces environnantes. La terre était piétinée, les buissons enfoncés, et il y avait là toutes les traces d'une lutte violente.

« Malgré l'acclamation dont la presse a salué la découverte de ce fourré, et l'unanimité avec laquelle on a supposé qu'il représentait le théâtre précis du crime, il faut admettre qu'il y avait plus d'une bonne raison pour en douter. Si le *véritable* théâtre avait été, comme l'insinue *le Commercial*, dans le voisinage de la rue Pavée-Saint-André, les auteurs du crime, que nous supposerons demeurant encore à Paris, auraient naturellement été frappés de terreur par l'attention publique, si vivement poussée dans la vraie voie ; et tout esprit d'une certaine classe aurait senti tout de suite la nécessité de faire une tentative quelconque pour distraire cette attention. Ainsi, le fourré de la barrière du Roule ayant déjà attiré les soupçons, l'idée de placer les objets en question là où ils ont été trouvés a pu être inspirée très naturellement. Il n'y a pas de preuve réelle, quoi qu'en dise *le Soleil*, que les objets retrouvés soient restés dans le fourré plus d'un très petit nombre de jours ; pendant qu'il est plus que présumable qu'ils n'auraient pas pu rester là, sans attirer l'attention, durant les vingt jours écoulés entre le dimanche fatal et l'après-midi dans laquelle ils ont été découverts par les petits garçons. "Ils étaient complètement moisis par l'action de la pluie, – dit *le Soleil*, tirant cette opinion de journaux qui ont parlé avant lui, – et collés ensemble par la *moisissure*. Le gazon avait poussé tout autour et même les recouvrait partiellement. La soie de l'ombrelle était solide ; mais les branches en avaient été refermées ; la partie supérieure, là où l'étoffe était double et rempliée, étant toute *moisie* et pourrie par l'humidité, se déchira aussitôt qu'on l'ouvrit.*"* Relativement au gazon, *ayant poussé tout autour et même recouvrant les* objets *partiellement*, il est évident que le fait ne peut avoir été constaté que d'après les dires résultant eux-mêmes des souvenirs des deux petits garçons, car ces enfants enlevèrent les objets et les portèrent à la maison avant qu'ils eussent été vus par une troisième personne. Mais le gazon croît, particulièrement dans une température chaude et humide (comme celle qui régnait à l'époque du meurtre), d'une hauteur de deux ou trois pouces en un jour. Une ombrelle posée sur un terrain récemment gazonné peut, en une seule semaine, être complètement cachée par l'herbe soudainement grandie. Et quant à cette *moisissure*, sur laquelle l'éditeur du *Soleil* insiste si opiniâtrement, qu'il n'emploie pas le mot moins de trois fois dans le très court paragraphe cité, ignore-t-il réellement la nature de cette *moisissure* ? Faut-il lui apprendre que c'est une de ces nombreuses classes de *fungus*, dont le caractère le plus ordinaire est de croître et de mourir en vingt-quatre heures ?

« Ainsi nous voyons, au premier coup d'œil, que ce qui avait été si pompeusement allégué pour soutenir cette idée, *que les objets étaient restés dans le bosquet pendant trois ou quatre semaines au moins*, est absolument nul, en tant que preuve quelconque de ce fait. D'autre part, il est excessivement difficile de croire que ces objets aient pu rester dans le fourré en question pendant plus d'une semaine, pendant un intervalle plus long que celui d'un dimanche à l'autre. Ceux qui connaissent un peu les alentours de Paris savent l'extrême difficulté d'y trouver la *retraite*, excepté à une grande distance des faubourgs. Un recoin inexploré ou même rarement visité, dans ces bois et ces bosquets, est une chose insupposable. Qu'un véritable amant quelconque de la nature, condamné par son devoir à la poussière et à la chaleur de cette grande métropole, essaye, même pendant les jours ouvrables, d'étancher sa soif de solitude parmi ces décors de beauté naturelle et champêtre qui nous entourent. Avant qu'il ait pu faire deux pas, il sentira l'enchantement naissant rompu par la voix ou l'irruption personnelle de quelque goujat ou d'une bande de drôles en ribote. Il cherchera le silence sous les ombrages les plus épais, mais toujours en vain. C'est précisément dans ces coins-là qu'abonde la crapule ; ce sont là les temples les plus profanés. Le cœur navré de dégoût, le promeneur retournera en hâte vers Paris, comme vers un cloaque d'impureté moins grossière et conséquemment moins odieuse. Mais, si les environs de la ville sont ainsi infestés pendant les jours de la semaine, combien plus encore le sont-ils le dimanche ! C'est surtout alors que, délivré des liens du travail ou privé des occasions ordinaires favorables au crime, le goujat de la ville se répand vers les environs, non par amour de la nature champêtre, qu'il méprise de tout son cœur, mais pour échapper aux gênes et aux conventions sociales. Ce n'est pas l'air frais et les arbres verts qu'il désire, mais l'absolue *licence* de la campagne. Là, dans l'auberge, au bord de la route ou sous l'ombrage des bois, n'étant plus contenu par d'autres regards que ceux de ses dignes compagnons, il se livre aux excès furieux d'une gaieté mensongère, fille de la liberté et du rhum. Je n'avance rien de plus que ce qui sautera aux yeux de tout observateur impartial, quand je répète que le fait de ces objets restant non découverts pendant une période plus longue que d'un dimanche à l'autre, dans un bosquet quelconque des environs de Paris, doit être considéré presque comme un miracle.

« Mais les motifs ne nous manquent pas qui nous font soupçonner que les objets ont été placés dans ce fourré dans le but de détourner l'attention du véritable théâtre du crime. Et d'abord, permettez-moi de vous faire remarquer *la date* de cette découverte. Rapprochez-la de la date du cinquième de mes extraits, dans la revue des journaux que j'ai faite moi-même. Vous verrez que la découverte a suivi, presque immédiatement, les communications urgentes envoyées au journal du soir. Ces communications, quoique variées, et provenant en apparence de sources diverses, tendaient toutes au même but, – lequel était d'attirer l'attention sur une *bande* de malfaiteurs comme auteurs de l'attentat, et sur les alentours de la barrière du Roule comme théâtre du fait. Or, ce qui peut nous étonner, ce n'est pas, naturellement, que les objets aient été trouvés par les petits garçons, à la suite de ces communications et après que l'attention publique a été dirigée de ce côté ; mais on pourrait légitimement supposer que, si les enfants n'ont pas trouvé les objets *plus tôt*, c'est parce que lesdits objets n'étaient pas encore dans le fourré ; parce qu'ils y ont été déposés à une époque tardive, – celle de la date, ou une de très peu antérieure à la date de ces communications, – par les coupables eux-mêmes, auteurs de ces communications.

« Ce bosquet était un singulier bosquet, – excessivement singulier. Il était d'une rare épaisseur. Dans l'enceinte de ses murailles naturelles, il y avait trois pierres extraordinaires, *formant un siège avec dossier et tabouret.* Et ce bosquet, où la nature imitait si bien l'art, était dans l'extrême voisinage, *à quelques verges,* de l'habitation de madame Deluc, de qui les enfants avaient coutume de fouiller soigneusement les fourrés pour récolter de l'écorce de sassafras. Serait-il téméraire de parier – mille contre un – qu'il ne s'écoulait pas une journée sans qu'un, au moins, de ces petits garçons vînt se cacher dans cette salle de verdure et trôner sur ce trône naturel ? Ceux qui hésiteraient à parier, ou n'ont jamais été enfants, ou ont oublié la nature enfantine. Je le répète, il est excessivement difficile de comprendre comment les objets auraient pu, sans être découverts, rester dans ce bosquet plus d'un ou deux jours ; et il y a ainsi de bonnes raisons de soupçonner, en dépit de la dogmatique ignorance du *Soleil,* qu'ils ont été déposés, à une date relativement tardive, là où on les a trouvés.

« Mais, pour croire que la chose s'est passée ainsi, il y a encore d'autres raisons plus fortes qu'aucune de celles que je vous ai présentées. Laissez-moi maintenant attirer votre attention sur l'arrangement remarquablement artificiel des objets. Sur la pierre *supérieure* se trouvait un jupon blanc ; sur la *seconde,* une écharpe de soie ; éparpillés alentour, une ombrelle, des gants et un mouchoir de poche marqué du nom de Marie. C'est justement là un arrangement tel qu'a dû *naturellement* l'imaginer un esprit peu subtil, visant à trouver un arrangement *naturel.* Mais ce n'est pas du tout un arrangement *réellement* naturel. J'aurais mieux aimé voir les choses gisant *toutes* à terre, et foulées sous les pieds. Dans l'étroite enceinte de ce bosquet, il eût été presque impossible que le jupon et l'écharpe gardassent leur position sur les pierres, exposés aux secousses résultant d'une lutte entre plusieurs personnes. "Il y avait, – dit-on, – trace d'une lutte ; la terre était piétinée ; les buissons étaient enfoncés" ; mais le jupon et l'écharpe sont trouvés reposant comme sur des planches. "Les fragments de vêtements accrochés aux buissons étaient larges de trois pouces environ et longs de six. L'un était un morceau de l'ourlet de la robe, qui avait été raccommodé... *Ils ressemblaient à des bandes arrachées...*" Ici, sans s'en apercevoir, *le Soleil* a employé une phrase excessivement suspecte. Les fragments, tels qu'il nous les décrit, *ressemblent à des bandes arrachées*, mais à dessein et par la main. C'est un accident des plus rares, qu'un morceau d'un vêtement tel que celui en question puisse être *arraché entièrement* par l'action *d'une épine.* Par la nature même du tissu, une épine ou un clou qui s'y accroche le déchire rectangulairement, – le divise par deux fentes longitudinales, faisant angle droit, et se rencontrant au sommet par où l'épine est entrée ; – mais il est presque impossible de comprendre que le morceau soit *complètement arraché.* Je n'ai jamais vu cela, ni vous non plus. Pour *arracher* un morceau d'un tissu, il faut, dans presque tous les cas, deux forces distinctes, agissant en sens différents. Si l'étoffe présente deux bords, – si, par exemple, c'est un mouchoir, – et si l'on désire en arracher une bande, alors, seulement alors, une force unique suffira. Mais, dans le cas actuel, il est question d'une robe, qui ne présente qu'un seul côté. Quant à arracher un morceau du milieu, lequel n'offre aucun côté, ce serait miracle que plusieurs épines le pussent faire, et *une seule* ne le pourrait. Mais, même quand le tissu présente un côté, il faudra deux épines, agissant, l'une dans les deux directions distinctes et l'autre dans une seule. Et encore faut-il supposer que le bord n'est pas ourlé. S'il est ourlé, la chose devient presque impossible. Nous avons vu quels grands et nombreux obstacles empêchent que des morceaux soient arrachés par la simple action des épines ; cependant on vous invite à croire que non seulement un morceau, mais plusieurs morceaux ont été arrachés de cette manière ! *Et l'un de ces morceaux était l'ourlet de la robe !* Un autre morceau était *une partie de la jupe, mais non pas l'ourlet,* – c'est-à-dire qu'il avait été complètement arraché, par l'action des épines, du milieu et non du bord de la jupe ! Voilà, dis-je, des choses auxquelles il est bien pardonnable de ne pas croire ; cependant, prises collectivement, elles forment un motif moins plausible de suspicion que cette unique circonstance si surprenante, à savoir que les objets aient pu être laissés dans ce bosquet par des *meurtriers* qui avaient eu la précaution d'emporter le cadavre. Toutefois, vous n'avez pas saisi exactement ma pensée, si vous croyez que mon dessein soit de *nier* que ce bosquet ait été le théâtre de l'attentat. Qu'il soit arrivé là quelque chose de grave, c'est possible ; plus vraisemblablement un malheur, chez madame Deluc. Mais, en somme, c'est un point d'importance secondaire. Nous avons promis de tâcher de découvrir, non pas le lieu, mais les auteurs du meurtre. Tous les arguments que j'ai allégués, malgré toute la minutie que j'y ai mise, n'avaient pour but que de vous prouver, d'abord, la sottise des assertions si positives et si impétueuses du *Soleil*, ensuite et principalement, de vous amener, par la route la plus naturelle, à une autre idée de doute, – à examiner si cet assassinat a été ou n'a pas été l'œuvre d'une *bande*.

« J'attaquerai cette question par une simple allusion aux détails révoltants donnés par le chirurgien interrogé dans l'enquête. Il me suffira de dire que ses conclusions publiées, relativement au nombre des prétendus goujats, ont été justement ridiculisées, comme fausses et complètement dénuées de base, par tous les anatomistes honorables de Paris. Je ne dis pas que la chose *n'ait pas pu*, matériellement, arriver comme il le dit ; mais je ne vois pas de raisons suffisantes pour sa conclusion ; – n'y en avait-il pas beaucoup pour une autre ?

« Réfléchissons maintenant sur *les traces d'une lutte*, et demandons ce qu'on prétend nous prouver par ces traces. La présence d'une bande ? Mais ne prouvent-elles pas plutôt l'absence d'une bande ? Quelle espèce de *lutte*, – quelle lutte assez violente et assez longue pour laisser des traces dans tous les sens, – pouvons-nous imaginer entre une faible fille sans défense et la bande de brigands qu'on suppose ? Quelques rudes bras l'empoignant silencieusement, c'en était fait d'elle. La victime aurait été absolument passive et à leur discrétion. Vous observerez ici que nos arguments contre le bosquet, adopté comme théâtre de l'attentat, ne s'y appliquent principalement que comme au théâtre d'un attentat commis par *plus d'un seul individu*. Si nous ne supposons *qu'un seul* homme acharné au viol, alors, et seulement ainsi, nous pourrons comprendre une lutte d'une nature assez violente et assez opiniâtre pour laisser des traces aussi visibles.

« Autre chose encore. – J'ai déjà noté les soupçons naissant de ce fait, que les objets en question aient pu même demeurer dans le bosquet où on les a découverts. Il semble presque impossible que ces preuves de crime aient été laissées accidentellement là où on les a trouvées. On a eu assez de présence d'esprit (cela est supposé) pour emporter le cadavre ; et cependant une preuve plus concluante que ce cadavre même (dont les traits auraient pu être rapidement altérés par la corruption) reste imprudemment étalée sur le théâtre de l'attentat. Je fais allusion au mouchoir de poche, portant *le nom* de la défunte. Si c'est là un accident, ce n'est pas un accident du fait *d'une bande.* Nous ne pouvons nous l'expliquer que de la part d'un individu. Examinons. C'est un individu qui a commis le meurtre. Le voilà seul avec le spectre de la défunte. Il est épouvanté par ce qui gît immobile devant lui. La fureur de sa passion a disparu, et il y a maintenant dans son cœur une large place pour l'horreur naturelle de la chose faite. Son cœur n'a rien de cette assurance qu'inspire inévitablement la présence de plusieurs. Il est *seul* avec la morte. Il tremble, il est effaré. Cependant, il y a nécessité de mettre ce cadavre quelque part. Il le porte à la rivière, mais il laisse derrière lui les autres traces du crime, car il lui est difficile, pour ne pas dire impossible, d'emporter tout cela en une seule fois et il lui sera loisible de revenir pour reprendre ce qu'il a laissé. Mais, dans son laborieux voyage vers la rivière, les craintes redoublent en lui. Les bruits de la vie environnent son chemin. Une douzaine de fois, il entend ou croit entendre le pas d'un espion. Les lumières mêmes de la ville l'effrayent. À la fin cependant, après de longues et fréquentes pauses pleines d'une profonde angoisse, il atteint les bords de la rivière, et se débarrasse de son sinistre fardeau, au moyen d'un bateau peut-être. Mais, *maintenant,* quel trésor au monde, quelle menace de châtiment, auraient puissance pour contraindre ce meurtrier solitaire à revenir par sa fatigante et périlleuse route, vers le terrible bosquet plein de souvenirs glaçants ? Il ne revient pas, il laisse les conséquences suivre leur cours. Il voudrait revenir qu'*il ne le pourrait pas !* Sa seule pensée, c'est de fuir immédiatement. Il tourne le dos *pour toujours* à ces bosquets, plein d'épouvante, et se sauve comme menacé par le courroux du ciel.

« Mais si nous supposions une bande d'individus ? – Leur nombre leur aurait inspiré de l'audace, si, en vérité, l'audace a jamais pu manquer au cœur d'un fieffé gredin ; et c'est de fieffés gredins seulement qu'on suppose une bande composée. Leur nombre, dis-je, les aurait préservés de cette terreur irraisonnée et de cet effarement qui, selon mon hypothèse, ont paralysé l'individu isolé. Admettons, si vous voulez, la possibilité d'une étourderie chez un, deux ou trois d'entre eux ; le quatrième aurait réparé cette négligence. Ils n'auraient rien laissé derrière eux ; car leur nombre leur aurait permis de *tout* emporter à la fois. Ils n'auraient pas eu besoin de *revenir.*

« Examinez maintenant cette circonstance, que, dans le vêtement du dessus du cadavre trouvé, *une bande, large environ d'un pied, avait été déchirée de bas en haut, depuis l'ourlet jusqu'à la taille, mais non pas arrachée. Elle était roulée trois fois autour de la taille et assujettie dans le dos par une sorte de nœud.* Cela a été fait dans le but évident de fournir une prise pour porter le corps. Or, une *troupe* d'hommes aurait-elle jamais songé à recourir à un pareil expédient ? À trois ou quatre hommes, les membres du cadavre auraient fourni une prise non seulement suffisante, mais la plus commode possible. C'est bien l'invention d'un seul individu, et cela nous ramène à ce fait : *Entre le fourré et la rivière, on a découvert que les palissades étaient abattues, et la terre gardait la trace d'un lourd fardeau qu'on y avait traîné !* Mais une *troupe* d'hommes aurait-elle pris la peine superflue d'abattre une palissade pour traîner un cadavre à travers, puisqu'ils auraient pu, en le soulevant, le faire passer facilement par-dessus ? Une *troupe* d'hommes se serait-elle même avisée de *traîner* un cadavre, à moins que ce ne fût pour laisser des traces évidentes de cette traînée ?

« Et ici il nous faut revenir à une observation du *Commercial,* sur laquelle je me suis déjà un peu arrêté. Ce journal dit : " Un morceau d'un des jupons de l'infortunée jeune fille avait été arraché, serré autour de son cou, et noué derrière la tête, probablement pour empêcher ses cris. Cela a été fait par des drôles qui n'avaient même pas un mouchoir de poche. "

« J'ai déjà suggéré qu'un parfait coquin n'était jamais *sans* un mouchoir de poche. Mais ce n'est pas sur ce fait que je veux spécialement attirer l'attention. Ce n'est pas faute d'un mouchoir, ni pour le but supposé par *le Commercial* que cette bande a été employée ; ce qui le prouve, c'est le mouchoir de poche laissé dans le bosquet ; et ce qui montre que le but n'était pas *d'empêcher les cris,* c'est que cette bande a été employée de préférence à ce qui aurait beaucoup mieux satisfait au but supposé. Mais l'instruction, parlant de la bande en question, dit *qu'elle a été trouvée autour du cou, adaptée d'une manière assez lâche et assujettie par un nœud serré.* Ces termes sont passablement vagues, mais diffèrent matériellement de ceux du *Commercial.* La bande était large de dix-huit pouces, et devait, repliée et roulée longitudinalement, former une espèce de cordage assez fort, quoique fait de mousseline. Voici ma conclusion. Le meurtrier solitaire ayant porté le cadavre jusqu'à une certaine distance (du bosquet ou d'un autre lieu) au moyen de la bande *nouée* autour de la taille, a trouvé que le poids, en se servant de ce procédé, excédait ses forces. Il s'est résolu à traîner le fardeau ; il y a des traces qui prouvent que le fardeau a été traîné. Pour ce dessein, il devenait nécessaire d'attacher quelque chose comme une corde à l'une des extrémités. C'était autour du cou qu'il était préférable de l'attacher, la tête devant servir à l'empêcher de glisser. Et alors le meurtrier a évidemment pensé à se servir de la bande roulée autour des reins. Il l'aurait sans doute employée, si ce n'eût été l'enroulement de cette bande autour du corps, le *nœud* gênant par lequel elle était assujettie, et la réflexion qu'il fit qu'elle n'avait pas été *complètement arrachée* du vêtement. Il était plus facile de détacher une nouvelle bande du jupon. Il l'a arrachée, l'a nouée autour du cou et a ainsi traîné sa victime jusqu'au bord de la rivière. Que cette bande, dont le mérite était d'être immédiatement à portée de sa main, mais qui ne répondait qu'imparfaitement à son dessein, ait été employée telle quelle, cela démontre que la nécessité de s'en servir est survenue dans des circonstances où il n'y avait plus moyen de ravoir le mouchoir, – c'est-à-dire, comme nous l'avons supposé, après avoir quitté le bosquet (si toutefois c'était le bosquet), et sur le chemin entre le bosquet et la rivière.

« Mais, direz-vous, la déposition de madame Deluc désigne spécialement une *troupe* de drôles, dans le voisinage du bosquet, à l'heure ou vers l'heure du meurtre. Je l'accorde. Je croirais même qu'il y avait bien une *douzaine* de ces troupes, telles que celle décrite par madame Deluc, à l'heure ou *vers* l'heure de cette tragédie. Mais la troupe qui a attiré sur elle l'animadversion marquée de madame Deluc, encore que la déposition de celle-ci ait été passablement tardive et soit très suspecte, est *la seule* troupe désignée par cette honnête et scrupuleuse vieille dame comme ayant mangé ses gâteaux et avalé son eau-de-vie sans se donner la peine de payer. *Et hinc illæ iræ ?*

« Mais quels sont les termes précis de la déposition de madame Deluc ? "Une bande de mécréants parut, qui firent un tapage affreux, burent et mangèrent sans payer, suivirent la même route que le jeune homme et la jeune fille, revinrent à l'auberge *à la brune,* puis repassèrent la rivière en grande hâte."

« Or, cette *grande hâte* a pu paraître beaucoup *plus grande* aux yeux de madame Deluc, qui rêvait, avec douleur et inquiétude, à sa bière et à ses gâteaux volés, – bière et gâteaux pour lesquels elle a pu nourrir, jusqu'au dernier moment, une faible espérance de compensation. Autrement, puisqu'il se faisait tard, pourquoi aurait-elle attaché de l'importance à *cette hâte* ? Il n'y a certes pas lieu de s'étonner de ce qu'une bande, même de coquins, veuille s'en retourner en *hâte,* quand elle a une large rivière à traverser dans de petits bateaux, quand l'orage menace et quand la nuit approche.

« Je dis *approche* ; car la nuit n'était pas *encore arrivée.* Ce ne fut *qu'à la brune* que la précipitation indécente de ces *mécréants* offensa les chastes yeux de madame Deluc. Mais on nous dit que c'est le même soir que madame Deluc, ainsi que son fils aîné, *entendit des cris de femme dans le voisinage de l'auberge.* Et par quels termes madame Deluc désigne-t-elle le moment de la soirée où elle a entendu ces cris ? Ce fut, dit-elle, peu après la tombée de la nuit. Mais, *peu après la tombée de la nuit,* c'est au moins *la nuit,* et le mot *à la brune* représente encore le jour. Ainsi il est suffisamment clair que la bande a quitté la barrière du Roule avant les cris entendus par hasard (?) par madame Deluc. Et quoique, dans les nombreux comptes rendus de l'instruction, ces deux expressions distinctes soient invariablement citées comme je les cite moi-même dans cette conversation avec vous, aucune feuille publique, non plus qu'aucun des mirmidons de la police n'a, jusqu'à présent, remarqué l'énorme contradiction qu'elles impliquent.

« Je n'ai plus qu'un seul argument à ajouter contre *la fameuse bande,* mais c'est un argument dont le poids est, pour mon intelligence du moins, absolument irrésistible. Dans le cas d'une belle récompense et d'une grâce plénière offertes à tout témoin dénonciateur de ses complices, on ne peut pas supposer un instant qu'un membre quelconque d'une bande de vils coquins, ou d'une association d'hommes quelconques, n'aurait pas, depuis longtemps déjà, trahi ses complices. Chaque individu dans une pareille bande n'est pas encore si avide de la récompense, ni si désireux d'échapper, que *terrifié par l'idée d'une trahison possible.* Il trahit vivement et tout de suite, pour *n'être pas trahi lui-même*. Que le secret n'ait pas été divulgué, c'est la meilleure des preuves, en somme, que c'est un secret. Les horreurs de cette ténébreuse affaire ne sont connues que d'*un* ou deux êtres humains et de Dieu.

« Ramassons maintenant les faits, mesquins, il est vrai, mais positifs, de notre longue analyse. Nous sommes arrivés à la conviction, soit d'un fatal accident sous le toit de madame Deluc, soit d'un meurtre accompli, dans le bosquet de la barrière du Roule, par un amant, ou au moins par un camarade intime et secret de la défunte. Ce camarade a le teint basané. Ce teint, le nœud savant de la ceinture et le nœud coulant des brides du chapeau, désignent un homme de mer. Sa camaraderie avec la défunte, jeune fille un peu légère, il est vrai, mais non pas abjecte, le dénonce comme un homme supérieur par le grade à un simple matelot. Or, les communications urgentes, fort bien écrites, envoyées aux journaux, servent à fortifier grandement notre hypothèse. Le fait d'une escapade antérieure, révélé par *le Mercure*, nous pousse à fondre en un même individu ce marin et cet officier de l'armée de mer, déjà connu pour avoir induit en faute la malheureuse.

« Et ici, très opportunément, se présente une autre considération, celle relative à l'absence prolongée de cet individu au teint sombre. Insistons sur ce teint d'homme, sombre et basané ; ce n'est pas un teint légèrement basané que celui qui a pu constituer le *seul point* de souvenir commun à Valence et à madame Deluc. Mais pourquoi cet homme est-il absent ? A-t-il été assassiné par la bande ? S'il en est ainsi, pourquoi ne trouve-t-on que les *traces* de la jeune fille ? Le théâtre des deux assassinats doit être supposé identique. Et lui, où est son cadavre ? Les assassins auraient très probablement fait disparaître les deux de la même manière. Non, on peut affirmer que l'homme est vivant et que, ce qui l'empêche de se faire connaître, c'est la crainte d'être accusé du meurtre. Ce n'est que maintenant, à cette époque tardive, que nous pouvons supposer cette considération agissant fortement sur lui, – puisqu'un témoin affirme l'avoir vu avec Marie ; – mais cette crainte n'aurait eu aucune influence à l'époque du meurtre. Le premier mouvement d'un homme innocent eût été d'annoncer l'attentat et d'aider à retrouver les malfaiteurs. L'intérêt bien entendu conseillait cela. Il a été vu avec la jeune fille ; il a traversé la rivière avec elle dans un bac découvert. La dénonciation des assassins aurait apparu, même à un idiot, comme le plus sûr, comme le seul moyen d'échapper lui-même aux soupçons. Nous ne pouvons pas le supposer, dans cette nuit fatale du dimanche, à la fois innocent et non instruit de l'attentat commis. Cependant, ce ne serait que dans ces circonstances impossibles que nous pourrions comprendre qu'il eût manqué, lui vivant, au devoir de dénoncer les assassins.

« Et quels moyens possédons-nous d'arriver à la vérité ? Nous verrons ces moyens se multiplier et devenir plus distincts à mesure que nous avancerons. Passons au crible cette vieille histoire d'une première fuite. Prenons connaissance de l'histoire entière de cet officier, ainsi que des circonstances actuelles où il est placé et des lieux où il se trouvait à l'époque précise du meurtre. Comparons soigneusement entre elles les diverses communications envoyées au journal du soir, ayant pour but d'incriminer une *bande*. Ceci fait, comparons ces communications, pour le style et l'écriture, avec celles envoyées au journal du matin, à une époque précédente, et insistant si fortement sur la culpabilité de Mennais. Tout cela fini, comparons encore ces communications avec l'écriture connue de l'officier. Essayons d'obtenir, par un interrogatoire plus minutieux de madame Deluc et de ses enfants, ainsi que de Valence, le conducteur d'omnibus, quelque chose de plus précis sur l'apparence physique et les allures de *l'homme au teint sombre*. Des questions, habilement dirigées, tireront, à coup sûr, de quelqu'un de ces témoins des renseignements sur ce point particulier (ou sur d'autres), – renseignements que les témoins eux-mêmes possèdent peut-être sans le savoir. Et puis alors, suivons la trace de ce *bateau* recueilli par le batelier dans la matinée du lundi 23 juin, et qui a disparu du bureau de la navigation, à l'insu de l'officier de service, et *sans son gouvernail*, à une époque précédant la découverte du cadavre. Avec du soin, avec une persévérance convenable, nous suivrons infailliblement ce bateau ; car non seulement le batelier qui l'a arrêté peut en constater l'identité, mais *on a le gouvernail sous la main*. Il n'est pas possible que qui que ce soit ait, de gaieté de cœur et sans aucune recherche, abandonné le gouvernail d'un bateau à voiles. Il n'y a pas eu d'*avertissement public* relativement à la découverte de ce bateau. Il a été silencieusement amené au bureau de la navigation, et silencieusement il est parti. Mais comment *se fait-il* que le propriétaire ou le locataire de ce bateau ait pu, *sans annonce publique*, à une époque aussi rapprochée que mardi matin, être informé du lieu où était amarré le bateau saisi lundi, à moins que nous ne le supposions en rapports quelconques avec *la Marine*, – rapports personnels et permanents, impliquant la connaissance des plus petits intérêts et des petites nouvelles locales ?

« En parlant de l'assassin solitaire traînant son fardeau vers le rivage, j'ai déjà insinué qu'il avait dû se procurer un *bateau*. Nous comprenons maintenant que Marie Roget a dû être jetée d'un bateau. La chose, très naturellement, s'est passée ainsi. Le cadavre n'a pas dû être confié aux eaux basses de la rive. Les marques particulières, trouvées sur le dos et les épaules de la victime, dénoncent les membrures d'un fond de bateau. Que ce corps ait été trouvé sans un poids, cela ne fait que corroborer notre idée. S'il avait été jeté de la rive, on y aurait évidemment attaché un poids. Seulement nous pouvons expliquer l'absence de ce poids, en supposant que le meurtrier n'a pas pris la précaution de s'en procurer un avant de pousser au large. Quand il a été au moment de confier le cadavre à la rivière, il a dû, incontestablement, s'apercevoir de son étourderie ; mais il n'avait pas sous la main de quoi y remédier. Il a mieux aimé tout risquer que de retourner à la rive maudite. Une fois délivré de son funèbre chargement, le meurtrier a dû se hâter de retourner vers la ville. Alors, sur quelque quai obscur, il aura sauté à terre. Mais le bateau, l'aura-t-il mis en sûreté ? Il était bien trop pressé pour songer à une pareille niaiserie ! Et même, en l'amarrant au quai, il aurait cru attacher une preuve contre lui-même ; sa pensée la plus naturelle a dû être de chasser loin de lui, aussi loin que possible, tout ce qui avait quelque rapport avec son crime. Non seulement il aura fui loin du quai, mais il n'aura pas permis au bateau d'y rester. Assurément, il l'aura lancé à la dérive.

« Poursuivons notre pensée. – Le matin, le misérable est frappé d'une indicible horreur en voyant que son bateau a été ramassé et est retenu dans un lieu où son devoir, peut-être, l'appelle fréquemment. La nuit suivante, *sans oser réclamer le gouvernail*, il le fait disparaître. Maintenant, *où* est ce bateau sans gouvernail ? Allons à la découverte ; que ce soit là une de nos premières recherches. Avec le premier éclaircissement que nous en pourrons avoir commencera l'aurore de notre succès. Ce bateau nous conduira, avec une rapidité qui nous étonnera nous-mêmes, vers l'homme qui s'en est servi dans la nuit du fatal dimanche. La confirmation s'augmentera de la confirmation, et nous suivrons le meurtrier à la piste. »

[Pour des raisons que nous ne spécifierons pas, mais qui sautent aux yeux de nos nombreux lecteurs, nous nous sommes permis de supprimer ici, dans le manuscrit remis entre nos mains, la partie où se trouve détaillée l'investigation faite à la suite de l'indice, en apparence si léger, découvert par Dupin. Nous jugeons seulement convenable de faire savoir que le résultat désiré fut obtenu, et que le préfet remplit ponctuellement, mais non sans répugnance, les termes de son contrat avec le chevalier. L'article de M. Poe conclut en ces termes [1] :]

On comprendra que je parle de simples coïncidences et de *rien de plus*. Ce que j'ai déjà dit sur ce sujet doit suffire. Il n'y a dans mon cœur aucune foi au surnaturel. Que la Nature et Dieu fassent deux, aucun homme, capable de penser, ne le niera. Que ce dernier, ayant créé la première, puisse, à sa volonté, la gouverner ou la modifier, cela est également incontestable. Je dis : *à sa volonté* ; car c'est une question de volonté, et non pas de puissance, comme l'ont supposé d'absurdes logiciens. Ce n'est pas que la Divinité *ne puisse pas* modifier ses lois, mais nous l'insultons en imaginant une nécessité possible de modification. Ces lois ont été faites, dès l'origine, pour embrasser *toutes* les contingences qui *peuvent* être enfouies dans le *futur*. Car pour Dieu tout est *présent*.

Je répète donc que je parle de ces choses simplement comme de coïncidences. Quelques mots encore. On trouvera dans ma narration de quoi établir un parallèle entre la destinée de la malheureuse Mary Cecilia Rogers, autant du moins que sa destinée est connue, et la destinée d'une nommée Marie Roget jusqu'à une certaine époque de son histoire, – parallèle dont la minutieuse et surprenante exactitude est faite pour embarrasser la raison. Oui, on sera frappé de tout cela. Mais qu'on ne suppose pas un seul instant que, en continuant la triste histoire de Marie depuis le point en question et en poursuivant jusqu'à son *dénoûment* le mystère qui l'enveloppait, j'aie eu le dessein secret de suggérer une extension du parallèle, ou même d'insinuer que les mesures adoptées à Paris pour découvrir l'assassin d'une grisette, ou des mesures fondées sur une méthode de raisonnement analogue, produiraient un résultat analogue.

Car, relativement à la dernière partie de la supposition, on doit considérer que la plus légère variation dans les éléments des deux problèmes pourrait engendrer les plus graves erreurs

1. Note des éditeurs du *Magazine* dans lequel fut primitivement publié *le Mystère de Marie Roget*. – E.A.P.

de calcul, en faisant diverger absolument les deux courants d'événements ; à peu près de la même manière qu'en arithmétique, une erreur qui, prise individuellement, peut être inappréciable, produit à la longue, par la force accumulative de la multiplication, un résultat effroyablement distant de la vérité.

Et, relativement à la première partie, nous ne devons pas oublier que ce même calcul des probabilités, que j'ai invoqué, interdit toute idée d'extension du parallèle, – l'interdit avec une rigueur d'autant plus impérieuse que ce parallèle a déjà été plus étendu et plus exact. C'est là une proposition anormale qui, bien qu'elle paraisse ressortir du domaine de la pensée générale, de la pensée étrangère aux mathématiques, n'a, jusqu'à présent, été bien comprise que par les mathématiciens. Rien, par exemple, n'est plus difficile que de convaincre le lecteur non spécialiste que, si un joueur de dés a amené les six deux fois coup sur coup, ce fait est une raison suffisante de parier gros que le troisième coup ne ramènera pas les six. Une opinion de ce genre est généralement rejetée tout d'abord par l'intelligence. On ne comprend pas comment les deux coups déjà joués, et qui sont maintenant complètement enfouis dans le passé, peuvent avoir de l'influence sur le coup qui n'existe que dans le futur. La chance pour amener les six semble être précisément ce qu'elle était à n'importe quel moment, c'est-à-dire soumise seulement à l'influence de tous les coups divers que peuvent amener les dés. Et c'est là une réflexion qui semble si parfaitement évidente, que tout effort pour la controverser est plus souvent accueilli par un sourire moqueur, que par une condescendance attentive. L'erreur en question, grosse erreur, grosse souvent de dommages, ne peut pas être critiquée dans les limites qui me sont assignées ici ; et pour les philosophes, elle n'a pas besoin de l'être. Il suffit de dire qu'elle fait partie d'une infinie série de méprises auxquelles la Raison s'achoppe dans sa route, par sa propension malheureuse à chercher la vérité *dans le détail*.

Arthur Machen
Le grand dieu Pan

Félicien Marceau
Le voyage de noce de
Figaro

Guy de Maupassant
Le Horla
Boule de Suif
Une partie de campagne
La maison Tellier
Une vie

Prosper Mérimée
Carmen
Mateo Falcone

Molière
Dom Juan

Alberto Moravia
Le mépris

Alfred de Musset
Les caprices de Marianne
Mimi Pinson*

Gérard de Nerval
Aurélia

Ovide
L'art d'aimer

Charles Perrault
Contes de ma mère l'Oye

Platon
Le banquet

Edgar Allan Poe
Double assassinat dans la
rue Morgue
Le scarabée d'or

Alexandre Pouchkine
La fille du capitaine
La dame de pique

Abbé Prévost
Manon Lescaut

Ellery Queen
Le char de Phaéton
La course au trésor

Raymond Radiguet
Le diable au corps

Vincent Ravalec
Du pain pour les pauvres*

Jean Ray
Harry Dickson
- Le châtiment des Foyle
- Les étoiles de la mort
- Le fauteuil 27
- La terrible nuit du Zoo
- Le temple de fer*

Jules Renard
Poil de Carotte

Arthur Rimbaud
Le bateau ivre

Edmond Rostand
Cyrano de Bergerac*

Marquis de Sade
Le président mystifié

George Sand
La mare au diable

Erich Segal
Love Story

William Shakespeare
Roméo et Juliette
Hamlet
Othello

Sophocle
Œdipe roi

Stendhal
L'abbesse de Castro*

**Robert Louis
Stevenson**
Olalla des Montagnes

Léon Tolstoï
Hadji Mourad

Ivan Tourgueniev
Premier amour

Henri Troyat
La neige en deuil
Le geste d'Eve
La pierre, la feuille et
les ciseaux
La rouquine*

Albert t'Serstevens
L'or du Cristobal
Taïa

Paul Verlaine
Poèmes saturniens
suivi des Fêtes galantes

Jules Verne
Les cinq cents millions
de la Bégum
Les forceurs de blocus

Voltaire
Candide
Zadig ou la Destinée

Emile Zola
La mort d'Olivier
Bécaille

* Titres à paraître

Achevé d'imprimer en Europe
à Pössneck (Thuringe, Allemagne)
en février 1996
pour le compte de EJL
27, rue Cassette 75006 Paris

Dépôt légal février 1996
1er dépôt légal dans la collection mai 1994

Diffusion France et étranger
Flammarion